无悔的异国岁月

WUHUIDEYIGUOSUIYUE

李旭 著

济南出版社

图书在版编目（CIP）数据

无悔的异国岁月 / 李旭著. —济南：济南出版社，2015.9（2023.5重印）

ISBN 978-7-5488-1773-4

Ⅰ.①无… Ⅱ.①李… Ⅲ.①散文集—中国—当代 Ⅳ.①I267

中国版本图书馆 CIP 数据核字（2015）第 212533 号

无悔的异国岁月

封面题字 李 旭
责任编辑 贾英敏
装帧设计 侯文英 张 倩

出版发行 济南出版社
地 址 济南市二环南路 1 号（250002）
网 址 www. jnpub. com
印 刷 肥城新华印刷有限公司
版 次 2015 年 9 月第 1 版
印 次 2023 年 5 月第 2 次印刷
成品尺寸 170 毫米×240 毫米 16 开
印 张 14
字 数 200 千
定 价 45.00 元

前 言

改革开放30多年来，祖国面貌日新月异，综合国力不断增强，人民生活水平持续提高。实践证明，中国的发展需要世界，世界的进步离不开中国。经济全球化已经成为不可阻挡的历史潮流，迅猛推进。

从1987年初到2015年上半年，我有幸去过40多个国家和地区。从巴比伦文化的发源地到贩卖非洲黑奴的中转港，从当年英德两国交战的北非沙漠战场到南非的好望角，从中东的石油富集区到澳大利亚的奥林匹克大坝多金属成矿带，从亚马孙河到恒河，从阿尔卑斯山的少女峰到安第斯山高原，或常驻，或考察，所见所闻无不给我留下难忘的记忆。我所经历的一切犹如昨天的故事，历历在目。随着年龄的增长，怀旧之心与日俱增，国外工作和生活的记忆愈加清晰，挥之不去，总在脑海中萦回。一想到在国外经历的日日夜夜、生活的点点滴滴，记忆的闸门骤然打开，时空似乎回转，往日的岁月如洪水般涌来，翘望读者与我一起分享。

我愿将此书献给我的家人以及与我在国内外曾朝夕相处的各级领导、朋友和同事们。正是他们的关怀和支持、奉献和牺牲支撑着我，鼓励着我，使我躲过了死神，战胜了恶劣的环境及数不清的困难，为祖国的“走出去”事业尽了一份心，献了一份力。可以说没有他们，就没有我的今天，更没有此书的出现。

李　旭

2015 年 6 月 30 日

目录
Contents

第一篇　第一次走出国门

我自北京外国语学院（现改为“北京外国语大学”）毕业后，在山东地质学校担任英语教师达 8 年之久。走出国门，用所学的外语知识为国家的改革开放服务一直是我的梦想。

1　长途跋涉的艰辛

1987年3月初，乍暖还寒，晨风中仍带着凉气。泉城济南的春天总是步履缓慢，姗姗来迟。我们一行七人，分别来自山东的六家单位，受山东国际经济技术合作公司的派遣，赴伊拉克北部城市摩苏尔，在其国营硫磺公司的劳务工程项目中担任翻译。3月10日下午3点，七人翻译小组乘一辆面包车，从位于济南市中区榜棚街的公司总部出发，到泰安市化工局集合，与等在那里的泰安市硫磺矿一百多名技术人员会合，坐火车到北京，然后乘伊拉克航空公司的航班飞巴格达。

这次赴伊拉克是我初次走出国门，我的心情异常激动，出发前专门拜

作者赴伊拉克前夕在北京天安门留影

访了曾在伊拉克工作过的朋友，了解情况，筹备行装。在出国前的几个月，我因熬夜数日翻译英文资料，造成了胃功能紊乱，导致十二指肠球部溃疡，在济南市中心医院内一科住院治疗一个月。所以当决定出国时，家人都为我担心，怕到异国他乡水土不服。年迈的外祖母特意从章丘老家给我包了一把泥土，让我随身带到国外，故土伴我远行，保我在异国他乡平安。启程的那天下午，母亲与三弟在市中区经七纬二路的北路口为我送行。眼含泪水的母亲在寒风中久久不愿离开，频频挥手，目送我所乘的车远行。正如古诗所云："慈母手中线，游子身上衣。临行密密缝，意恐迟迟归。"

在北京的逗留短暂而匆忙，上午仅在天安门广场拍了几张纪念照，午饭后全体人员即赶到首都机场候机。20 世纪 80 年代末的首都机场，只有一个航站楼，航班少，航线稀，候机楼设备陈旧，与飞机之间无廊桥连接，而是用半新的国产大巴摆渡飞往世界各地的旅客。我们 100 多人是乘伊拉克航空公司晚上的航班起飞的。机型是波音 747，分前舱和后舱，可载乘客 300 多人。除了我们，飞机上的乘客大都是去中东地区承担各类工程承包的劳务人员。那时凡出国者均由派出单位统一制装，颜色和式样相同，经过严格的军事化训练和外事培训，表情几乎一个模样，呆板、严肃、寡言。劳务人员大都来自农村或县城，祖祖辈辈没有出过国，对外面的世界一无所知。他们初次坐飞机显得既兴奋、好奇，又紧张、茫然。有的在飞机上来回走动，大声叫喊；有的干脆把鞋脱了，脚蹬在前面的座位上，致使整个机舱散发着酸臭味，让人窒息。更有甚者，在厕所里大小便后不冲洗，导致便池堵塞，伊拉克空姐不得不捂着鼻子进去清理。看到她们脸上厌恶和无奈的表情，我们几位翻译人员感到无地自容，羞愧难言。

大约飞了 8 个小时，当地时间凌晨 6 点多钟，我们到达了巴格达的萨达姆国际机场。3 月的巴格达正是雨季，淅淅沥沥的春雨不停地下着。从机场远眺，雨中的古都被洗刷得干干净净，高速公路两旁的椰子树苍翠挺拔，沙漠上的植被已经披上了一层绿装。萨达姆国际机场是伊拉克最大的机场，位于首都巴格达市中心以西 16 公里的市郊，是以伊拉克前总统萨达姆·侯赛因的名字命名的，于 1979 年至 1982 年由法国公司帮助建设，据说其建筑费用超过了 9 亿美元。航站楼有三个登机闸口，分别简称为 A、B、C。整个航站大楼的外层全部用从法国进口的茶色玻璃包装，在太阳的照耀下璀璨华丽，大气典雅。这座机场是伊拉克的航空枢纽，是中东地区最现代化的机场之一。据说 1991 年，伊拉克入侵科威特后，受到了联合国的严厉制裁，大部分巴格达的民用航空班机都停飞了，只接收运输药品、救援人员和政府官员的特许班机。2003 年，美国第三步兵师占领了该机场，并将其改名为“巴格达国际机场”。2003 年 11 月 27 日感恩节的当天，时任美国总统布什出其不意访问了该机场，并在机场内的鲍勃·霍普宴会厅与侍应生共进晚餐。

在机场停留了一个多小时，我们 100 多人分乘五辆奔驰牌大巴离开机场，穿过巴格达市区，冒雨直奔距首都巴格达 360 公里的伊拉克第三大城市、北部重镇摩苏尔市附近的国营硫磺公司。

巴格达国际机场

2　我眼中的伊拉克

匆匆而过的巴格达给我留下了难忘的记忆，书中的介绍与此次亲临这座中东名城，还是有许多不同之处。据驻伊拉克使馆同志介绍，“巴格达”一词来源于古波斯语，意为“神赐的地方”。它位于伊拉克的中部，横跨底格里斯河两岸，面积860平方公里，人口600万（战前），历史悠久，是伊拉克政治、经济、宗教和文化中心。公元762年，巴格达被阿拔斯王朝第二代哈里发曼苏尔选定为首都，并命名为“和平之城”。公元8世纪至13世纪，随着巴格达的不断扩建与发展，市区逐渐形成横跨底格里斯河东西两岸的格局，由先后建起的五座大桥相连。在此期间，具有阿拉伯民族风格的建筑拔地而起，世界各国的金银器皿、文物古董也应有尽有，被人们誉为博物之城。据传，闻名于世的阿拉伯民间故事《一千零一夜》就是从这个时期开始流传的。

巴格达在1258年被蒙古人攻陷，1508年和1534年分别被波斯人和土耳其人占领，并在1638年后期受土耳其奥斯曼帝国的统治，1917年又落入英军之手，1921年成为新独立的伊拉克首都。

巴格达经济发达，拥有全国40%的工业，是一个以炼油、纺织、制革、造纸和食品加工为主的城市，有铁路、公路和航空构成的立体交通网络。商业繁荣，现代化的大商场和阿拉伯式的古老商店比比皆是。这座城市文化底蕴深厚，是名副其实的文化之都。市区有9世纪兴建的带有天文台和图书馆的“智慧宫”，1227年建成的世界最古老大学之一的穆斯坦西里亚大学，其规模仅次于埃及的开罗大学，拥有15个学院的巴格达大学，还有几十个军事、兵器、自然博物馆，堪称中东之最。市区的十字路口中央不时能看到萨达姆的雕像，主干道上建有许多两剑相叉的拱门，使人感到萨达姆的影子随处可见，战争的风云依然飘浮在伊拉克的上空。行驶在高速公路上时常看到从伊拉克南部城市巴士拉运送伤员的车辆，一辆接一辆，令人毛骨悚然。

20 世纪 80 年代的中国尚未有任何高速公路，国道构成了主要的陆路交通，而伊拉克至少已经有南北和东西两条高速公路了。从首都巴格达到北部重镇摩苏尔，360 公里的路程仅用了 3 个多小时，行驶在每小时 120 公里的高速路上的确有一种兴奋感。因为 80 年代在国内行车，每小时也就 30~40 公里，人车混行不说，路窄且又是正反向行驶，汽车的速度根本快不起来。我记得有一次从山东的蒙阴县城开车去临沂市，因为是土路，90 公里的路程走了 4 个多小时。

大约上午 11 点左右，我们的车队抵达伊拉克第三大城市摩苏尔。这是尼尼微省首府，又叫“哈德巴”，坐落在底格里斯河上游两岸。阿拉伯语中的“摩苏尔”意为“连接点”，历史上长期是“丝绸之路”上的一个中间站，也是连接小亚细亚和波斯湾的要地，战略位置十分重要。人口约 150 万，居民主要是阿拉伯人、库尔德人和土库曼人，北邻土耳其。这里有高速公路同叙利亚、土耳其和伊朗相通。3000 多年前，摩苏尔曾是古亚述王朝的中心。公元 8 世纪，该城成为美索不达米亚北部的重要城市，1534 年至 1918 年被土耳其奥斯曼帝国占领。市内古迹众多，有不少古城堡、教堂、清真寺、修道院、宫殿等。在摩苏尔市的博物馆里，可看到许多反映亚述时期生活和风土人情的文物。

摩苏尔风景秀丽，春秋两季温度相近，又称“双春城”。市中心巨大雕塑《春天的母亲》是该城市的象征。首府大厦和国家拉斐登银行矗立在闹市区，古老的底格里斯河静静地从市中心穿过，两岸森林密布，绿荫浓浓，共和国医院和摩苏尔大学的建筑群分布在河的左右岸。河上有五座大桥连接两岸的交通，其中五号大桥是由中国路桥公司承建的，似雨后彩虹，雄伟壮丽，构成了一道亮丽的风景线。当地居民见了中国人，会伸出大拇指说“绥尼阿齐姆，绥尼杰伊特”（意为“中国伟大，中国人好”）。共和国医院和萨达姆医院是市内最现代化的两家医院，伊拉克公民一律享受免费医疗。市内有四家高级宾馆，最富丽堂皇的是纳依纳历宾馆，属五星级档次，其外貌与埃及的金字塔很相似，又称“金字塔大饭店”。

摩苏尔的贫富差距很大，一边是现代化的高楼大厦，一边则是成排相连的棚户区。各种小贩不停地在狭窄的街道里来回叫卖水果和蔬菜，也有追逐着来往行人要钱的残疾人。路旁的水沟污水横流，散发出令人窒息的恶臭味。街道两边的商店里陈列着中东地区特有的工艺品及各种花色的布料和民族服装，琳琅满目，让人目不暇接。据说海湾战争结束后，美、英、法三国在北纬36度线以北上空设立了“安全区”，摩苏尔就位于“安全区”之内。其特殊的地理位置，使得这座城市成为美、英轰炸的重要目标之一，遭到了重创。

巴格达街景

3　硝烟未尽的两伊战争

我在伊拉克的时候，新闻广播及报刊大量报道的仍是两伊战争。主战场巴士拉战火不断，硝烟弥漫，伊拉克与伊朗两军相持不下，各有胜负，但任何一方都不承认是失败者。据使馆的同志讲，战争不仅拖累了伊拉克的经济发展，而且严重影响了伊拉克的每个家庭。由于战争，成年男人都被征兵前线，且战死沙场，留下的全是孤儿寡母。

80年代末，两伊战争已进入尾声，战争给两个国家带来的创伤显而易见。伊朗与伊拉克因边境交界处的夏特阿拉伯河主权争议而引发的从1980年至1988年长达8年的边境战争使两国两败俱伤，经济严重倒退，石油出口量骤降，人民生活水平明显下降。据统计，两伊战争是二战后伤亡人数

硝烟弥漫的伊拉克（两伊战争）（图片来自网络）

最多的战争之一，仅次于越南战争和朝鲜战争。战争结束时，伊拉克的外债是800亿美元，仅欠科威特的债务就达140亿美元，伊朗的外债为450亿美元。战争使两国的经济发展至少倒退20~30年，是一场名副其实的“马拉松”消耗战，对双方来说是一场没有胜利者的战争。

1987年7月20日，联合国安理会通过了第598号决议，要求双方立即停火。但由于双方积怨太深，在停火问题上立场各异，分歧较大，谁也不愿意主动让步，因而联合国第598号决议迟迟得不到落实。围绕伊拉克南部重镇巴士拉的归属问题，战争又持续了一年。每天，伊拉克各主要报刊都在头版头条刊登大量的前线战况，美丽的海港城市巴士拉因战争而面貌全非，美景不再。直到1988年8月20日，两伊交战双方才实现了真正的全面停火，长达8年的两伊战争终于画上了句号。

4　全民皆兵

80年代的伊拉克南部边境战火纷飞，北部又有反政府武装，因而伊拉克政府各部门及所属国有公司全部实行军事化管理，上到总统萨达姆，下到各级官员，均着军装并佩枪上下班。据说萨达姆总统武器不离身，走到哪里，枪就带到哪里，可见他对当时伊拉克时局的担忧程度。市区主要街道及广场的萨达姆总统画像全部是戎装，威严并带有杀气，给人一种敬畏感。在我们工作的摩苏尔国营硫磺公司，伊方大小经理一律身着戎装，荷枪实弹，有大战在即、一触即发的临战状态。

两伊战争中的萨达姆（图片来自网络）

一次，我乘坐一位公司经理的越野车到厂区办事，在他的驾驶座下看到一支苏式冲锋枪，乌黑锃亮，让人看了胆战心惊。据项目指挥部介绍，当时在摩苏尔市有一家来自浙江省的中资企业，生产建筑水泥，员工60多人。1987年6月的一个周末，中国驻伊拉克使馆经商参赞率两位秘书乘一辆奔驰轿车到该厂进行调研，在离开厂区大门时，因证件问题与伊拉克门卫发生了争执，门卫要扣留我使馆车辆和人员。当时天色已晚，考虑到回使馆的路途较远，在门卫与其上级电话联系时，使馆经商参处司机立即启动车辆，准备返程。听到汽车的马达声，门卫持枪赶来阻挡，幸好使馆奔驰车提速快，门卫开枪时，汽车已上了高速路，才未发生车毁人亡事件。后来，当事人谈起此事时仍感到后怕。

5　工作在密苏拉克硫磺公司

密苏拉克硫磺公司位于伊拉克第三大城市摩苏尔市郊，北邻土耳其，隶属于伊拉克工矿部，是重要的化工产品生产基地。伊拉克的能源矿产主要有石油、天然气和硫磺，而硫磺则是制造炸药的主要原料。矿区面积30平方公里，分五个工作区，分别为硫磺开采区、化工产品生产加工区、设备维修区、物流运输区和后勤保障区。矿区周围用铁丝网环绕，各出入口设有武装岗哨，日夜有矿区巡逻队巡逻，出入矿区的车辆凭证件放行。

我在硫磺开采区担任现场翻译，与我在一起工作的是一名伊拉克女工程师，名叫依钠姆，三十七八岁，毕业于巴格达大学采矿专业。她皮肤白

作者在伊拉克硫磺公司

伊拉克项目翻译组全体成员（作者左二）

净，中等身材，体型有点胖，丈夫也是一位工程师，有一个3岁的女儿。她待人热情，英文很好，我们工作配合默契。像其他伊拉克妇女一样，除了脸部，从上到下她整日黑装裹身。上班时间，我经常乘她的车到工区各个工作点巡查，并到三工区的职工食堂一起吃午餐。我记得吃得最多的是酱鸡腿和当地的大面包，这大面包就像我们北方人常吃的发面馒头，很耐嚼，香喷喷的。受战争影响，当时的伊拉克经济状况已是今非昔比，物资短缺，食品品种有限，蔬菜水果匮乏且价格昂贵。工作之余，依纳姆经常给我们讲一些战前的情况。那时的伊拉克因石油而富，国力殷实，人们吃穿无忧，生活祥和，国泰民安。对政局她很少评价，和我谈得最多的是巴比伦的文明、古伊拉克的辉煌以及中东地区的文化传统和风俗习惯。她还送给我一本英文版的伊拉克历史、文化小百科书，使我有机会对这个古老的民族及灿烂的文化有了比较全面的了解。从她的讲述中，我能看出她对往事的怀念和对当时形势的不满。我很理解依纳姆小心翼翼的行为方式，因为前不久，附近的一家中资企业曾发生了一件意想不到的事。

一位伊方主管工程师因私事要借用中国项目组一辆车，中方项目组同意并让阿语翻译将一辆新买的日产皮卡车交给了该工程师。没过几天，该工程师被伊拉克内务部逮捕并审查此车的来历，这位伊拉克工程师不得不说出中方的阿语翻译，并再三陈述此车是借用。警察不听任何解释，随即将这位中方翻译逮捕。由于伊拉克警察没有查出中国项目组任何有效的贿赂证据，不得不将这两个人全部释放。中方翻译在被拘留期间遭了不少罪，在医院治疗了几个月才康复。事后我们得知，两人见面时就已被伊拉克内务部的人盯上了，幸亏没有查到其他事情，否则两位的性命就难保了。据使馆同志介绍，那时的伊拉克，为维持萨达姆复兴党的统治，安置了很多便衣，一旦发现问题，立即抓捕入狱。现在回忆起这件事，曾经在伊拉克工作过的同事都很后怕。

五区是硫磺开采区，开采方式是将热水注入地下，把固态硫磺融化成液态，然后用泵抽到地面，再用管道输送到三工区进行处理加工，生产出各种化工产品及硫磺制品。这些化工产品运往伊拉克各省，而成品硫磺则大多通过陆路出口到北方邻国土耳其换汇。除石油外，硫磺也是伊拉克出口的大宗矿产品。

作者（中）与伊拉克医生在硫磺公司

6　生活在“联合国”里

硫磺公司的生活区和工作区相隔5公里，是一个相对独立的区域，生活区内的人主要是矿区建设的各国工作人员及公司部分高管。另外还有一

作者（左）与伊拉克项目组张医生留影

处属于公司的诊所，一名当地医生及两名护士长年在此工作。哈利姆医生时年38岁，毕业于伊拉克大学医学院，擅长牙科，英语流利。我经常陪同随队医生张大夫与其聊天并讨论些医学知识，最终我们成了很好的朋友。除了诊所，所有的住房都是集装箱式的活动房，里面有空调、卫生间及简单的厨房。普通工人两人一间，高层管理人员每人一间，每间约10平方米，居住条件还算舒适方便。区内还有一个游泳池、两个篮球场及一个田径场，供大家体育锻炼和业余活动。

作者（右）与韩国朋友在伊拉克硫磺公司

住在区内的外国人主要有日本人、菲律宾人、韩国人、波兰人和中国人，都是矿区建设的承包商或分包商。整个矿区主要设备全部来自日本的三菱株式会社，从安装、调试、运行到生产，全由该株式会社总包。菲律宾人与我们一样都是劳务承包，韩国人则负责日本人的生活。区内经常听到的语言除汉语外，还有日语、朝鲜语、英语、阿拉伯语，很像一个小“联合国”。平时，我们很少与日本人打交道，见面机会也不是很多，彼此基本不讲话。他们每个周末都去巴格达泡酒吧或逛夜总会，周一才回来。我们偶尔与菲律宾人打打招呼，但与韩国厨师金先生是好朋友，经常相互串门并赠送小礼品。他有时候给我们送奶粉和自己制作的韩餐，我回送他一些中国茶及日用品。我们时常在一起喝茶聊天，谈论两国的一些风俗习惯和文化传统，偶尔也谈到家庭和他回国后的一些打算。他告诉我，将来他要去非洲开一家韩餐馆，娶一个非洲老婆，多生几个孩子，一家人快乐地生活。他说韩国地少人多，发展空间有限，竞争激烈，物价居高不下。非洲地广人稀，发展潜力巨大，资源丰富，只要勤奋，不怕吃苦，就有机会开创一个美好的未来。金先生为人热情、坦诚豪爽。我回国时，他送我一大罐荷兰产的奶粉，黄澄澄的，质量上乘，在国内很难买到，且价格昂贵。后来听说，金先生真的去了非洲岛国毛里求斯，开了一家韩餐馆。愿他在非洲生活一切顺利！

作者在伊拉克硫磺公司中方公寓区

7　底格里斯河畔的沉思

6月的伊拉克已是夏季，室外温度最高达到50多摄氏度，在太阳下面走一圈，皮肤晒得起皮。但在树荫下很凉爽，不像济南的夏天，虽然温度只有三十几度，但是到处觉得湿热难熬。矿区的北边紧靠底格里斯河，周末或节假日我们三五成伙，结伴到河边游玩，或钓鱼，或游泳，亲眼目睹了这条伊拉克母亲河的气势和风采。

底格里斯河是中东的名河，与位于西边的幼发拉底河共同界定美索不达米亚。它源自土耳其安纳托利亚的山区，向东南流经土耳其南部城市迪

作者在伊拉克底格里斯河畔

作者在底格里斯河畔

亚巴克尔后，与叙利亚形成约32公里的界河，直接流入伊拉克境内，此后沿扎格罗斯山脉西南侧山麓流动。首先穿越伊拉克北部的基尔库克油田，并流经该国重要的石油化工基地摩苏尔市，然后沿左岸接纳了大扎卜河、小扎卜河及迪亚河等支流，直抵首都巴格达。它一路南下，在古尔奈与幼发拉底河汇合，改称阿拉伯河，于法奥附近注入波斯湾。全长1950公里，流域面积37.5万平方公里，年径流量近400亿立方米。河水主要靠高山融雪和上游雨水补给，因河流沿山麓流动，汇水快，常使河水暴涨，洪水泛滥，形成沿岸广阔肥沃的冲积平原，是伊拉克重要的灌溉农业区。沿河建有各种水利工程，其中巴格达西北部的巴迪塔塔水库最有名。底格里斯河流域与幼发拉底河流域统称两河流域，是古代文明的发祥地之一，至今对世界产生很大影响。

这条河使我们好奇和兴奋，但同时也给我们留下了悲伤的回忆。1987年9月的一个周末，来自山东淄博硫酸厂的一位张师傅与五位同伴一起下河游泳，到达对岸稍作休息之后，六人游河返回。当同行的五位顺利上岸后，突然发现张师傅不在岸边。于是大家分头寻找，沿岸大声呼喊张师傅的名字，三个小时过去了，仍不见他的身影。同伴立即回驻地上报项目组领导，工程指挥部迅速联系矿区高层，最后又请军方出动并联系河下游的驻军。经过一天一夜的寻找，终于在离矿区30公里的河下游发现了张师傅的尸体。全体项目组同志听到噩耗，悲痛万分。为处理好张师傅的后事，让他平安回家，项目组请求矿区给予帮助。当地阿拉伯人的习俗是人死后要入土，因此伊拉克全国无一间火葬场。为了把张师傅的骨灰带回国内，项目组人员只能在矿区一个偏僻的角落，利用废旧汽车轮胎，浇上汽油，将张师傅的尸体进行火化。后在我驻伊使馆经商参处的帮助下，通过中国国际航空公司将张师傅的骨灰顺利送回国内安葬。

作者（右）在伊拉克底格里斯河畔

古老的底格里斯河日夜流淌，奔腾不息，给人们带来了文明、财富和幸福，但也带走了我们朝夕相处的同事，给我们留下永远的悲伤……

时隔 16 年，2003 年 12 月 14 日，伊拉克前总统萨达姆·侯赛因在伊拉克提克里特以南约 16 公里的达瓦尔小镇被美军抓获，该镇恰恰就位于底格里斯河边。萨达姆在逃亡期间，底格里斯河是他运输食物的主要线路。

第二篇　东非高原的亲身经历

非洲听起来很遥远，国内报刊报道非洲最多的是政局动荡，疾病众多，缺医少药，干旱饥饿，高温缺水。我先后四次走进非洲，从北非到南非，从东部到西部，一次常驻，三次出差；我走过 10 个国家，它们贫富不一，发展阶段各异，有英语区、法语区和葡萄牙语区，宗教信仰不同，文化风俗各有特点。我既住过工地板房、小客栈，也住过五星级酒店；既客居过朋友别墅，也寄宿过野生动物保护区的观赏屋。所到之处，无不给我留下经久不衰的印象。

1　初进非洲

1988年10月1日，正值我国的国庆节，我受中国地质工程公司派遣，赴埃塞俄比亚担任由非洲开发银行资助的八城镇供水项目的首席翻译。我乘坐的埃塞俄比亚航班于北京时间晚10点从首都机场出发，飞行8个小时到阿联酋的沙迦中转，在机场休息近3个小时，然后再飞6个小时，于当地时间早上6点半抵达埃塞俄比亚首都亚的斯亚贝巴。北京与亚的斯亚贝巴的时差为5个小时。到机场接我的中地公司驻埃塞俄比亚代表处副代表兼翻译张利东先生，是我的校友，北京外国语学院毕业的大师兄。当时在该代表处任代表的王吉先生原是黑龙江省地矿厅的处长，被中地公司借调到埃塞俄比亚工作。提前到达埃塞俄比亚的项目组长赵志玉同志与翻译李运涛也一同到机场接我。

代表处驻地位于机场路的一座五层楼的顶层，两室一大厅，还有阳台和厨房。王吉与张利东住一间，我与组长赵志玉及翻译小李住另一间，客厅主要用来办公、会客，也用作餐厅。八城镇供水项目属于承包工程，项目合同额为130万美元，工期为18个月，分为埃塞俄比亚南部小镇莫亚雷和东部城市迪雷达瓦两个工地，共计20口供水井，业主为埃塞俄比亚政府水利委员会，资助方为非洲开发银行。埃塞俄比亚长期以来严重干旱缺水，粮食歉收，大批难民涌入城市，是世界上最不发达的国家之一，也是联合国长期粮食援助国。联合国粮农组织在首都亚的斯亚贝巴设有办事处。项目初始，因与业主的联系渠道不畅，涉及的合同实施细则尚未确定，预付款久不到位，在当地商业银行无开立账户，后续进驻的项目人员居住证及工作证等待办理，大量前期工作需要与业主、劳工部、警察局以及银行沟通。我与赵志玉同志每天早出晚归，有时因代表处的车辆不方便还要外出打车。亚的斯亚贝巴的出租车很少，且车况差，很难正点打到车。为了不耽误约会时间，我们往往提前两个小时出发，能打到车是幸运，否则只好徒步，赶不上饭点是经常的事。功夫不负有心人，经过努力，我们很快与业主建立了较紧密的关系，而且与埃塞俄比亚水委会供排水局局长比鲁先生一家成了很好的朋友。我们经常约他及家人到中国大使馆经商参处做客，有时也带些礼物到他家里探望，并邀请其全家到中国北京、济南进行观光游览。我们的友情与日俱增，相互建立了信任。业主及时拨发资金，项目进展顺利。有时项目组资金周转困难，我们去找业主帮助，当了解到我们的实际情况后，业主往往会提前预付款项。在项目推进过程中，我亲身感受到无论国内还是国外，关系也是生产力的重要性。

亚的斯亚贝巴街景

2　自豪的埃塞俄比亚

我上中学的时候就曾读过埃塞俄比亚的历史，也知道一些有关塞拉西皇帝的传闻。但到埃塞俄比亚工作后，我对其历史、文化、宗教、习俗才算有了真正的了解。

埃塞俄比亚人民有着很强的民族自尊心和自豪感，是非洲大陆唯一未被殖民主义者占领，始终保持独立的国家。埃塞俄比亚在抗击外来侵略、维护民族尊严等方面与中国有许多共同点，从而在非洲乃至世界赢得了广泛的尊重和钦佩。19世纪70年代，埃塞俄比亚举国上下团结一致，同仇敌忾，与意大利侵略者展开了浴血奋战。当时，刚统一的意大利急不可待，急切加入欧洲列强对非洲的蚕食。利用当时阿比西尼亚（埃塞俄比亚1941年以前的国名）各独立王国纷争之机，意大利侵略者攻占了红海天然良港马萨瓦，然后向内陆展开了全面攻势。1896年初，意军陆续攻占了阿克苏姆、阿迪格拉特、阿杜瓦、马卡累等城市，并欲设圈套全歼阿比西尼亚军队。但阿比西尼亚人识破了意军的企图，双方对峙两个多月。1896年2月下旬，意军发起猛攻，但在阿杜瓦战役中遭到重创，1.7万多名意军侵略者只有7600人逃回厄立特里亚，近1万支枪和50多门大炮被阿比西尼亚军队缴获，此次胜利被誉为“汉尼拔时代后，非洲人打败欧洲列强的一次最有名的胜利”。此战例以少胜多，以弱取胜，众志成城，为后人广为传诵。

阿杜瓦战役获胜后，埃塞俄比亚人民大力实施经济建设计划，竭力推进现代化进程，首都亚的斯亚贝巴快速发展，旧貌换新颜。到1900年，首都常住人口已达7万多，人民安居乐业，国家和平振兴，呈现出欣欣向荣的景象。1930年11月，海尔·塞拉西登基，成为埃塞俄比亚最后一位皇帝。登基不久的年轻皇帝不得不面临意大利军队的又一次入侵。1935年10月，

作者在埃塞俄比亚德赛市

意军越过厄立特里亚边境，向阿比西尼亚进犯。在首都亚的斯亚贝巴，塞拉西皇帝亲自擂响战鼓，号召人民奋勇杀敌，顽强抵抗，抗击意大利侵略者，但终因弱不敌强，战场失利。1936 年 6 月，塞拉西皇帝流亡国外，意军占领了失去皇帝的亚的斯亚贝巴。1941 年 1 月，海尔·塞拉西作为反法西斯战争的代言人，重返阔别 5 年的国家。自此，海尔·塞拉西一世宣布将国名改为“埃塞俄比亚”。

3　鲜花城——亚的斯亚贝巴

自踏上埃塞俄比亚国土起，我便对当地的一切都感到新鲜、好奇。看到首都亚的斯亚贝巴蓝天白云，晴空万里，街道两旁鲜花盛开，绿树成荫，我顿感心旷神怡。亚的斯亚贝巴位于埃塞俄比亚中部高原的山谷中，背靠恩托托山，海拔2400米，是非洲的高原之城。在当地的阿姆哈拉语中，亚的斯亚贝巴是“新鲜花朵”的意思，此名是孟尼利克二世的皇后泰图所赐。孟尼利克二世是最早统一埃塞俄比亚的皇帝，也是亚的斯亚贝巴的奠基人。市内以孟尼利克二世命名的大街是亚的斯亚贝巴的主要干道，干道的一端

作者在亚的斯亚贝巴

作者在亚的斯亚贝巴

是孟尼利克二世广场，中央矗立着一尊他骑着骏马、手持长矛、时刻准备战斗的雕像。

在非盟总部大厦的对面，坐落着埃塞俄比亚最后一位皇帝海尔·塞拉西一世的皇宫，是1955年为纪念其即位25周年而建。这座皇宫原称“欢乐宫”，1974年后改称为“人民宫”。皇宫内院落很大，现为亚的斯亚贝巴大学的一部分。旧皇宫是一座二层小楼，一层展示皇帝的生平照片，二层是皇帝当年办公和休息的地方。

今天的亚的斯亚贝巴市已经成为一座繁华的现代化城市，人口约400多万，是非洲超大型城市之一，有80多个不同的民族，讲80余种不同的方言。亚的斯亚贝巴是埃塞俄比亚的政治、经济及文化中心，全国半数以上的规模企业集中在该市的西南部。城市依山而建，按地势高低分为上城和下城。上城以居住和商业为主，下城是政府机关、国际机场、星级酒店所在地。市中心革命广场一带，街道宽阔整齐，离广场不远，有一条花园式的林荫大道，两旁建有议会大厦、政府各部大楼、博物馆、非洲大厦和亚的斯亚贝巴大学。连接市政厅和火车站的大街，从北向南依地势倾斜，两旁商店林立，车水马龙，蔚为壮观。阿瓦什河流经市郊，气候湿润，夏季无酷暑，冬天无严寒，常年平均温度在20℃左右。市内著名的希尔顿饭店里有温泉游泳池，非常适合疗养度假，每年许多游人从世界各地慕名而来。

近几年，中国政府以不同形式给予亚的斯亚贝巴的城市建设大力支持，援建了很多绕城高架路及桥梁，许多现代化建筑拔地而起，城市面貌日新月异。但市内仍有大片的棚户区，低矮残破，拥挤不堪，区内道路尘土飞扬，景象杂乱，臭水沟交错，呈现出与欠发达国家相似的景象。亚的斯亚贝巴的贫富差别很鲜明，政府高官及富商拥有独门独院的漂亮豪华别墅，而普通居民生活水平极低。我看过当地人居住的茅草屋，几乎是家徒四壁，

作者（右二）与项目经理赵志玉、项目监理雷米等在亚的斯亚贝巴希尔顿酒店会晤

一无所有。大街上到处都能见到要饭的人，这已成为亚的斯亚贝巴的一大景观。但市区很少有抢劫、盗窃的事件发生。据说，凡入室偷盗者，一经发现，砍手示众，这可能与其宗教信仰有关。

亚的斯亚贝巴市民的肤色不像肯尼亚内罗毕人那样黝黑，而是呈巧克力色，身材健美，明眸皓齿。特别是十七八岁的姑娘，更是有一种特殊的美，性感、亭亭玉立，似一件完美的艺术品。我在埃塞俄比亚工作期间，经常应当地朋友的邀请参加一些庆祝活动，因而有幸观赏到亚的斯亚贝巴少女们的舞姿，奔放、洒脱、热烈，给人一种自然美的享受。

亚的斯亚贝巴又称“桉树之都”，市内外总计有50多平方公里的桉林。高大、挺拔的桉树全身是宝，木质坚韧，用途广泛，其花朵是最好的蜜源，叶子可制药产香，提神静气。

4　东非高原上的“中国大酒店”

在埃塞俄比亚首都——亚的斯亚贝巴的市中心，革命广场的北侧，有一幢与众不同的白色三层楼房，宽大、敦厚、华丽，在周围建筑的衬托下显得格外醒目，这就是久负盛名的亚的斯中国大酒店。其建筑风格、内部装饰及店内的摆设具有典型的中国酒店的特色：红漆的门廊、店正面的屏风墙、紫黑色的餐桌椅、墙上的中国山水画以及迎门墙上用汉字书写的“宾至如归”的条幅，无不让人感到这是一家地道的中式餐馆。由于它得天独厚的地理位置和诱人的中国风味，回头客很多，常年爆满，不提前预约，无空座可选。近年来，它已经成为亚的斯亚贝巴上流社会活动的一个主要场所。在当地人的眼里，这家餐馆是中国的一个象征，来了此地，就等于去了一趟中国。每当夜幕降临，用汉字书写的“中国大酒店”五个大字发出耀眼的五彩缤纷的光芒时，各种型号、颜色不一的车辆载着不同肤色、操着不同语言、着装各异的男男女女到酒店就餐。食客中既有各国驻亚的斯亚贝巴的外交官、商人、周游世界的游客，也有当地的达官贵人。每晚8点至11点间，店外必是车水马龙，店内必是食客济济，高朋满座。据埃塞俄比亚的朋友介绍，凡到此店来的食客都属上流社会阶层，平民百姓是很少去的。原因很简单，在这里吃顿饭至少要花掉当地普通工人一个月的薪水。因此，到这里用餐本身也是一种政治、经济地位的炫耀。对于大多数平民来说，到此地进餐，是可望而不可即的事情。

1989年10月，正值亚的斯亚贝巴金秋之际，鲜花布满了城市大大小小的街道，芬芳弥漫了整个城市。应埃塞俄比亚供排水局总经理比鲁夫妇的邀请，我们有幸参观了这家亚的斯中国大酒店。一见胜过百闻，它的装饰风貌、中洋结合的经营形式、烹调技艺、店主的热情好客及周到服务都给我们留下了很深的印象。

餐馆的老板是一位意大利人，50多岁，除了意大利语，他能讲一口流利的英语和阿姆哈拉语。他虽是中国餐馆的老板，但能讲的汉语仅仅是“您好”“谢谢”“再见”等几个常用的词句，我们与他谈话只能用英语。当得知我们是中国人时，这位老板很有礼貌地走到我们的餐桌旁，向我们表示热烈欢迎。据他介绍，这家餐馆在亚的斯亚贝巴已有20多年的历史，是他的父亲创办的。之所以取名为“中国大酒店”，是因为中国的烹饪技艺世界闻名，许多意大利人都非常喜欢中国的风味小吃，在意大利的罗马就有几十家中国餐馆。20世纪70年代初，他们一家从意大利移居到了埃塞俄比亚。他父亲买下了这家餐馆的房产，经过内外装修后，请了一位老华侨厨师，开办了“中国餐馆”。起初，生意一般，以后随着知名度的提高，生意愈加兴隆起来。进入80年代，餐馆已是亚的斯亚贝巴市一家很受人喜爱、具有独特风味的酒店。餐馆有四个厨师，全是埃塞俄比亚人，他们曾经在中国驻埃塞使馆当过帮工，跟着中国的大师傅学过中国烹饪。老华侨厨师去世后，他们几个先后被聘到这里任“掌勺”师傅。他们买了一些中国烹饪书籍，经常请中国使馆的厨师到店里传授技艺。久而久之，几位厨师的手艺日趋成熟，所做主菜已接近中餐的风味，颇受食客的青睐。所以，其知名度剧增，名字也由“餐馆”改为“大酒店”了。我们翻开菜谱，发现既有家常的烩、炒菜类，也有宴席上的大小拼盘，汤类的品种也不少，有肉蛋汤、海鲜汤，还有欧洲人喜爱的水果蔬菜汤。另外，为迎合当地人的口味，店内还备有埃塞人爱吃的英吉拉饼。这种饼的形状像中国北方人常吃的单饼，薄薄的，吃起来带点酸味。英吉拉是埃塞人的国食，就像中国北方人日常餐桌上离不开馒头一样，当地人每餐必备，加上辣椒炒羊肉，吃起来香辣可口。无论走到哪里，只要在埃塞的国土上，就会尝到英吉拉的味道。后来我们才知道，英吉拉之所以受当地人喜爱，除了生活习惯外，主要是它易于消化，能增加食欲，因为英吉拉是经过发酵后烙成的。

在店老板的盛情介绍下，我们每人点了一个菜，加起来正好一桌：有

亚的斯亚贝巴希尔顿酒店

糖醋鱼、香酥鸡腿、海鲜加青菜，还有当地的牛排、炒鸡蛋，主食是春卷。这些菜在味道、颜色、可口程度上虽无法与我们地道传统的中国菜相媲美，但吃起来还算可口，特别是春卷，味道鲜美，香酥诱人，老少皆宜。

为表示主人情谊，店老板免费给我们加了几个菜，有牛排、辣羊肉丁、豆豉烩土豆、炒黄豆，使宴会更加丰盛。为纪念这次聚会，我们与老板合了影，并交换了名片。临走时，我们特意去厨房看望了埃塞厨师。虽然在中国大酒店用餐仅此一次，但其特色风貌、店主的经营之道、彬彬有礼的迎来送往以及酒店在亚的斯人们心中的位置，都给我们留下了难忘的印象。

亚的斯亚贝巴的花美，人美，夜色更美。中国大酒店占了天时、地利、人和的优越条件，加之独具匠心的烹饪技艺和意大利人的经营之道，使得这座餐馆久负盛名、生意兴隆。我想，随着埃塞俄比亚的进一步对外开放，中国大酒店也会慢慢誉满全球。

5　难忘的阿萨布海港

凡是从事过国际工程的人都清楚，对外承包工程的最大挑战是时间紧，任务艰巨，合同条款严厉，有许多不确定因素和难以预测的风险。在非洲更是如此，政局不稳、官员腐败、办事效率低、基础设施不足、水电短缺、运输力差，意想不到的事太多。国际承包工程是否成功，有诸多决定因素，其中最重要的是港口提货、通关、运输的问题。八城镇供水项目的工期为18个月，横跨三个工作点。首都亚的斯亚贝巴为中转站，南部工地位于埃塞俄比亚与肯尼亚的边境小城莫亚雷，东部工地在埃塞俄比亚第三大城市

作者（右）与埃塞朋友在红海边

迪雷达瓦，相距上千公里，路窄且盘山路多，从首都亚的斯亚贝巴到莫亚雷，500公里的路要走一整天。项目所需钻机、管材及发电设备要从济南陆运到天津港，大约45天后海运到红海港口阿萨布，然后从阿萨布港陆运到亚的斯亚贝巴中转站——我驻埃塞俄比亚使馆经商参处设备机关站存放。根据项目需要，再分批分期陆续运到各个工地，前后加起来差不多要3个月的时间。因此，设备及时清关、启运是项目顺利启动的关键一步。

1988年11月初，在中国驻埃塞俄比亚使馆经商参处霍德新参赞的大力支持下，山东烟台老乡孙金瑞一秘和杨四新三秘及项目组长赵志玉、我和李运涛一行五人乘经商参处的一辆面包车踏上了赴阿萨布港口的旅途。通往阿萨布的公路是当年意大利公司承建的，双向两车道，属全天候一级路，路基牢固，全沥青铺面，在阳光的照耀下，从远处望去，白茫茫的，好似一条水路。沿途大都是来往港口的载重车辆，一般载货量都在20吨以上。埃塞俄比亚的地形、地貌及气候南北分差很大：南部属热带雨林，一年四季常青，湿度大，著名的埃塞俄比亚咖啡就产于南部；而北部属半沙漠地带，死火山很多，常年干旱无雨，除了灌木，路两旁很难看到绿色。越往北走，气温越高，水资源越奇缺。为打破旅行的寂寞，我们一路行走，一路播放从国内带来的唱片。当时国内歌手田震的《黄土高坡》非常流行，很有气势，特别是在沙漠中穿行时，其音乐更有一种特别的感染力。从首都亚的斯亚贝巴到阿萨布的560公里，我们走了大约8个小时，傍晚才赶到。这座海港小城位于红海的南岸，北面与也门共和国隔海相望。当时，埃塞俄比亚与厄立特里亚还是一个统一的国家，阿萨布是埃塞俄比亚一个重要的出海口。厄立特里亚独立后，阿萨布港划入厄立特里亚，埃塞俄比亚从此成了一个无出海口的内陆国家，进出口贸易全部经吉布提中转。

阿萨布战略地位重要，1869年苏伊士运河修通后，阿萨布港口发展迅速，吞吐量逐年增加，港口装卸能力也不断提升。市郊有现代化的炼油厂、制盐厂，还有几家小型船舶修理厂。阿萨布港属于热带沙漠气候，年平均气温27℃，每年3~5月气温可达34℃，全年平均降雨量很少，只有150毫

作者重游红海

米。阿萨布港为天然良港，最大水深为11米，港内可同时停泊7艘大船。港口的存货区内，连排的货柜和集装箱比比皆是，各种进口汽车停放在沙滩改修的停车场里，其表层大都涂了一层厚厚的防锈油。中国产的老式帆布四开门北京吉普和黄河牌货车在众多进口汽车中特征显著，一眼就能看到，很容易识别。与国外汽车相比，无论是性能质量，还是外观造型，国产车都与之相差甚远，唯一的优势是价格便宜。为降低工程成本，我们当时从国内运去了一辆北京吉普、一辆解放牌卡车、一辆黄河8吨运输车、一台车装水井钻机及众多套管和两台柴油发电机。另外，我们还从英国进口了一台英格索兰空气压缩机，但迟迟没到货。整个清关提货过程很复杂，需持有项目合同书、埃塞俄比亚水委会信函及当地海关总署的批准证书到港务局和阿萨布海关办理进口准入和提货手续。按照项目合同书要求，项目完工后，这些设备和车辆要运回中国或宣布报废，而不得在埃塞俄比亚转卖。在埃塞俄比亚水委会供排水局项目监理的帮助下，我们找了一位当地清关代理，同时也做了些打点，货物滞港期未超太多，罚款也不多，第一次清关还算顺利，只用了三天时间。工作之余，我们到红海边观潮。在热带海风的吹拂下，大家谈笑风生，望着对岸正在内战中的也门阿拉伯共和国，浮想联翩。红海里生长着一种海草，密密麻麻，呈红颜色，放眼望去，海水在阳光的照耀下呈现出一片红色，据说红海由此得名。

我们一行六人沿着洁白柔软的沙滩，徒步十几里，所到之处除了海鸥在天空中飞翔，游人很少，显得很空旷。我们偶遇来自法国的一家三口，他们正在海边游玩，我们立即上前打招呼。我用不太熟练的法语与他们交谈，得知丈夫是一位电气工程师，在埃塞俄比亚的一个国际承包项目中担任工程监理，妻子带着两岁的儿子从法国前来探望，他们选择到红海边度假一周。看到其乐融融的三口之家，我不禁想到了远在国内的妻儿和家人。那时，我儿子才 5 岁，正上幼儿园，妻子每天除了工作还要接送孩子，风雨无阻。我岳母为了照顾孩子，提前离休回家。现在想起来，我出国的那段时间，家里为我做出了很大牺牲，没有她们的支持，我不可能完成出国任务。因此，我对妻子和家人总有一种挥之不去的歉意。

那天，我们还路过一个小渔村，从一户渔民家中买了一块鲨鱼肉。回到宾馆，用酱油浸泡后，我们利用宾馆的简单厨具，做了一次红烧鲨鱼块。虽然调料不全，肉吃起来有点牙碜，但第一次吃鲨鱼肉，感觉还是香喷喷的。现在想起来，仍然回味无穷。

6 四次穿越东非大裂谷

去阿萨布港口，埃塞俄比亚境内的东非大裂谷是必经之路。我因两次去港口办理项目所需进口的设备物资事宜，曾来回四次目睹了大裂谷的壮观和气势。

东非大裂谷（East African Great Rift Valley）是世界大陆上最大的断裂带，从卫星照片上看，犹如一道巨大的伤疤深深地刻在地球表面。当乘飞机越过浩瀚的印度洋，进入东非大陆的赤道上空时，从机窗向下俯视，地面上有一条硕大的“刀痕”，让人产生一种无比惊异而神奇的感觉，这就是

作者在东非大裂谷

著名的“东非大裂谷”，也称“东非大峡谷”。这条长度相当于地球周长1/6的大裂谷，气势宏伟，景色壮观，古往今来吸引了来自世界各地的众多探险者。地质学家把这条大裂谷称为“活的教科书”。大裂谷位于非洲东部，南起赞比亚以南，向北经马拉维湖分为东西两支：东支沿维多利亚湖东侧，经坦桑尼亚、乌干达，穿过埃塞俄比亚高原伸入红海，再由红海北上入亚喀巴港抵约旦地沟；西支沿维多利亚湖西侧，循今天的刚果（金）延伸到乌干达的北部，抵尼罗河上游谷地。裂谷宽约几十公里至200公里，深度达1000米至2000米，谷壁如刀削斧劈一般。3000万年前的地质运动让它贯穿东非大陆，总长度超过8000公里。

据地质文献记载，大约3000万年以前，强烈的地壳运动使得同阿拉伯古陆块相分离的大陆漂移运动而形成此裂谷。那时候，这一地区的地壳处在大运动时期，整个区域出现抬升现象，地壳下面的地幔物质上升分流，产生巨大的张力。正是在这种张力的作用之下，地壳发生大断裂，从而形成裂谷。由于抬升运动不断进行，地壳的断裂不断产生，地下熔岩不断涌出，渐渐形成了高大的熔岩高原。高原上的火山裂变成众多的山峰，而断裂的下陷地带则成为大裂谷的谷底，总长6400公里。东非大裂谷下陷开始于渐新世，主要断裂运动发生在中新世，大幅度错动时期从上新世一直延续到第四纪。北段形成红海，使阿拉伯半岛与非洲大陆分离。马达加斯加岛在几条活动裂谷扩张作用下，也与非洲大陆分裂脱离。

许多人在没有见到大裂谷之前，认为那里一定是一条狭长、黑暗、恐怖的“大地沟”，其间荒草遍地，怪石嶙峋，渺无人烟。但当你亲临大裂谷，展现在眼前的完全是一番意想不到的景象：远处有茂密的原始森林覆盖着的连绵群峰，山坡上长满了盛开着各种颜色花朵的仙人球，近处草原广袤，翠绿的灌木丛散落其间，花香飘溢。草原深处的湖水波光粼粼，风过波起，在湖面上自由自在地舞蹈。裂谷底部平坦整齐，树木葱茏，一片生机盎然。据说，卫星在太空中能清晰拍摄到的地球两大奇观，一是中国的万里长城，二是东非大裂谷。

7 怀念战友

1989年新年刚过，项目组长赵志玉同志就开始考虑将设备及施工管材运至莫亚雷工地的事情。

当时，为节省开支，项目组全体人员已搬迁到中国使馆经商参处位于亚的斯亚贝巴南郊的招待所后院。该招待所是为接待国内赴埃塞俄比亚团组及过往其他国家的经援或工程承包人员而修建的。院子很大，东西各两排平房，共有40多间客房。院子的北面是菜地，还养了十几头猪。虽然招待所的物资供应全部来自香港的亚贸公司，但大部分都是罐头制成品，新鲜蔬菜及鱼肉全部要从当地市场采购。由于宗教原因，猪肉很难买到，牛羊肉及淡水鱼则能保证供应。所以，招待所的两位中国厨师自己动手，开垦了几块荒地，撒上从国内带来的菜种，平时让当地佣人浇水、施肥，黄瓜、西红柿、小白菜长势很好，收获颇丰。自养的十几头猪膘肥体壮，每逢节假日，厨师亲自杀几头猪，让过往客人吃上地道的红烧肉。招待所的后院是经援项目设备中转站，院内建有四排活动板房。除了我们八城镇供水项目，还住着河北建筑公司亚的斯亚贝巴缝纫线厂项目的员工及湖北编织组的6个同志。河北缝纫线厂项目组的人员最多，共有50多人。当时的文化生活很枯燥，除了看些从经商参处借来的录像带外，基本没有其他的娱乐活动。当时有北京直飞亚的斯亚贝巴的航班，中国国际航空公司在亚的斯亚贝巴专门设立了办事处，地点就在招待所的东邻，是一座犹太人留下的西式别墅，院落很大。民航办事处的李新野是沈阳人，从北方航空公司借调到亚的斯亚贝巴工作，他为人热心爽快，经常邀请我们去办事处看录像或影片。

因为港口清关及运输的原因，我们的供水项目迟迟不能开工。为抢时间，尽快启动项目，赵志玉同志决定在1989年春节到来之前将管材及钻机运至莫亚雷工地，力争用4个月的时间完成第一个工地6口水井的施工。国际承包工程履约条款严格，规定严密，工程滞后一天就要受到业主的罚款，如无正当理由，拖期造成的工程损失全部由承包商负责。时间就是金钱，这关乎承包商的信誉，来不得半点的懈怠和拖延。因此，在老赵的脸上始终看不到新年带来的喜悦，取而代之的却是焦虑和担忧。他夜间经常睡不着觉，翻来覆去想的还是工期。我很理解他的苦衷及肩上的压力，晚上我们一起散步时，我常给他讲些开心的事。

老赵是个很要强的项目组长，在国内是山东省地矿局八〇一水文地质工程地质大队的副大队长，人品好，工作能力强，勤奋敬业，敢打硬仗，曾带领八〇一队多次高质量完成上级交给的艰巨任务。此次赴埃塞俄比亚代表中国地质工程公司执行八城镇供水项目第一阶段合同是局党委亲自点的将，任务艰巨，使命光荣，是山东省地矿局第一个国际承包工程。与20世纪六七十年代援外打井任务的性质完全不同，此项目只能成功，不能失败，为国争光的责任沉甸甸地落在他的肩上，只有他才最清楚这副担子的重量。

1989年1月2日一整天，项目组全体人员投入工作，装运管材，维护车辆，整修钻机，准备生活物资。3日一早7点钟，一辆车装载黄河水井钻机，一辆八吨重黄河车满载水井套管，一辆解放牌卡车承运英格索兰钻机和两台柴油发电机。除项目组副经理高鲁希、翻译李运涛、厨师张高潮留守招待所联系银行及业主外，其余10人全部南下奔赴莫亚雷工地。

我与老赵乘坐司机张平海驾驶的八吨重黄河车，司机梁中庚驾驶黄河钻机车，维修技师李生明驾驶解放牌卡车，一起踏上了南行的征途。中午，我们顺利赶到了迪拉市。

该市相当于中国的一个地级市，但其规模小得多，人口稀少，市内最高的楼房为四层，为数不多的几条沥青路坑坑洼洼，沙石裸露，两车相错都很困难。汽车驶过路面，尘土飞扬，交通状况犹如我国20世纪70年代的情况。我费了不少周折才找到了一个看上去较为干净的餐馆，买了几块面包，用冲咖啡的热水沏了一壶茶，每人泡了一碗方便面，拿出厨师张高潮给大家准备的腌鸡蛋，10个人吃了一顿“中西合璧”的午餐。

下午1点半，我们继续赶路，力争在天黑前到达莫亚雷。此时，车队已进入山区，山陡路窄，蜿蜒崎岖，一会儿爬高，一会儿下坡，国产黄河车极不适应山路行驶，刹车片经常发热，一发热就要冷水降温。为安全起见，我们不得不开开停停，速度缓慢。大约下午3点钟，三辆车爬上了迪拉市以南80多公里的一处高地后，停车休息。

我从路旁水果摊买了几个西瓜，大家边吃边等汽车降温。半小时后，车队出发。此时是一路下坡，右边是悬崖峭壁，左边是百丈深渊。黄河车在车队的最后，以每小时60公里的速度行驶。突然，我听到司机张平海喊：“赵队长，刹车没有了，刹车没有了。”赵志玉同志立刻安抚小张说：“别急，掌握好方向。”坐在司机后面的我也说：“平海，别急！”这时的张

作者（左）与项目经理赵志玉同志（中）合影

平海同志沉着冷静，双手紧握方向盘，两眼目视前方。失去刹车的黄河车像一匹脱缰的骏马向前急驶，连续穿过两个弯道，并躲过两辆迎面驶来的汽车，向坡下的一条看上去较为笔直的公路奔去。因第一次走这条路，不知前面路况如何，也不知会有什么险情，只能靠运气行驶。小张决定改道行驶，离开柏油路，沿沙石路走，以此增加路面的摩擦力，减少汽车的惯力，把速度降下来，达到最终停车的目的。

我们万万没想到，满载管材的黄河车带着巨大的惯性，毫无阻力地冲进了公路旁的路沟。在第一次向左颠震未翻的情况下，车又向前行驶几米后，最终朝右侧翻车。赵志玉同志所坐的位置被压在了下面，我和司机被抛到了车的上面。我当时感到眼前一黑，听到车身咣当一震，头朝下，脚朝上，两腿间夹着一个行李箱，完全是一个180度的倒翻，身体重心下移，成倒立状被挤压在车厢内。左边车窗玻璃已经破碎，我的左胳膊被扎伤，但头脑清醒，身体无恙。我大声喊着赵队长和司机的名字，询问他们的情况，始终没有听到老赵的回音，只听到司机告诉我，他的情况良好，无生命危险，只是被方向盘挤住了胸部。我让他想办法尽快脱身，防止出现新的情况，然后设法把我拉出去，一起去寻找赵志玉同志。我和司机从车厢爬出去后，一直呼喊老赵，但已经听不到他的声音了。我用手绢包住仍在流血的左胳膊，站到公路中间拦截来往的车辆。听到中国人出了车祸，附近的埃塞俄比亚人吹着口哨，奔走相告，纷纷赶过来救助。

在当地人的帮助下，我们把侧翻的车正过来，迅速抢救赵志玉同志。这时老赵嘴里含着半小时前吃过的西瓜，额头上有一处深红的撞伤，安静地躺在地上。我和司机哭喊着他的名字，多么希望他能醒过来，我们再一起赶路，一起谋划项目的实施。我不相信，老赵同志会这样仓促地离开我们，我们多么希望他带领我们顺利完成项目，一起回家。我们用拦住的第一辆汽车急送老赵赶往前方30公里的一个急救站，希望在第一时间得到急救。但为时已晚，他的瞳孔已经放大，生命已渐渐远行。

我们不相信这是真的，也无法接受这个现实，决定再做一次努力，送老赵返回迪拉市较大的医院做最后的抢救。当我们急匆匆地把他送至迪拉医院时，值班医生检查后当场宣布赵志玉同志已经离世。我和司机及医院的护士怀着异常沉痛的心情，眼里含着无奈的泪水，把老赵抬入医院的太平间，待护士用白绷带把老赵全身包裹后，才恋恋不舍地离开。

天渐渐暗下来，我急忙赶到市里的邮局，用长途电话紧急向使馆经商参处霍参赞详细汇报了事故的经过。此时已近晚上10点钟，迪拉市一片漆黑，没有一丝光亮，寒风吹着路旁的落叶沙沙作响，我焦急地等待着另外两辆前行的车安全返回。

我穿着一件薄薄的衬衣，心里空荡荡的，任凭寒风吹拂，却感觉不到丝毫的凉意。朝夕相处近4个月的老大哥走了，他的家人能挺得住吗？经理走了，项目怎么办？共患难的战友走了，我们该如何继承他的遗志，完成他的未竟事业？这些问题在我的脑海中来回盘旋。整整一夜，我们一行九人聚在迪拉的小客栈里毫无困意，痛苦着，煎熬着，完全不顾蚊虫的叮咬，睁着眼睛，直到天亮。

第二天上午，使馆经商参处霍参赞带着一秘孙金瑞、二秘贾平、三秘苗地及中地公司驻埃塞俄比亚的代表乘一辆面包车来到了迪拉。稍事停留，我向参赞做了简单的汇报，然后带他们开车赶到事发现场进行踏勘。再一次重返事发路线，我心里仍有一种受到惊吓的感觉。望着窗外的热带森林，老赵的身影仍在我的脑海中晃动，记忆是挥之不去的。在医院向赵志玉同志道别时，全体同志热泪满面，悲痛不已。当天下午，我们用医院的灵车将老赵的尸体运回首都一家教会医院进行存放。一周后，在使馆经商参处的支持和帮助下，在经商参处招待所为赵志玉同志举行了隆重的追悼会，中国驻埃塞俄比亚大使顾家骥及夫人，经商参处霍德新参赞和夫人战玉荣及全体使馆外交官，各中国项目组代表，医疗队代表，中地公司代表段大任和曹顺通两位经理，山东省地矿局的代表及八城镇供水项目全体人员共40多人出席。当天下午，在亚的斯亚贝巴的一个印度教堂，按照印度教的礼仪，将赵志玉同志的遗体放在木柴上，洒上松香，哀悼人员在顾大使、霍参赞的带领下绕场一圈，抛洒鲜花，教堂主持亲自点火启动灵魂上天仪式。次日凌晨，项目组工程师赖红武和翻译李运涛到教堂回收骨灰，亲自将赵志玉同志的骨灰放进由湖北编织组用竹条编制的骨灰盒里，再由中地公司段大任和曹顺通两位经理护送到北京，然后由山东省地矿局及八〇一大队的有关领导带回济南，存放于济南英雄山革命公墓。

赵志玉同志享年49岁，他的不幸遇难是项目组的巨大损失，也是山东省地矿局系统的一大损失。为纪念赵志玉同志并表达项目组全体人员对他的哀思，经大使馆同意，我们在中国驻埃塞俄比亚大使馆的院内给赵志玉同志立了一个石碑，作为永久纪念。每年清明时节，使馆人员都去为他扫墓。凡山东省地矿局路经亚的斯亚贝巴的出国人员，也都专程到碑前为赵志玉同志献花悼念。时隔20多年，2008年1月，我再次来到亚的斯亚贝巴。当我与徐军祥总工、朱友强总经理、高鲁希等同志陪同山东省地矿局局长郑金兰和时任驻埃塞俄比亚大使林琳再次来到墓碑前为老赵同志三鞠躬时，他的音容笑貌仍在我的脑海中清晰浮现，我们朝夕相处的点点滴滴仍鲜活地在我眼前晃动。每当想起他，我都为失去这样一位领导和战友而悲痛不已，祝愿老赵在天堂安息！

作者（右）与中国驻埃塞俄比亚大使林琳在一起

8 说不尽的边境小城——莫亚雷

1989年春节过后的第二天，我拖着伤腿与项目组代经理高鲁希顾不上休息，马不停蹄，四处奔波，联系车辆，筹备管材运输等事宜。黄河车在车祸中已报废。大量设备和管材一部分寄存在事故发生地迪拉市的水委会仓库，另一部分存放在经商参处招待所的后院里，开工前急需运抵莫亚雷工地。为抢回失去的时间，抓紧实施项目，不因拖欠工期而违反合同规定，受到业主处罚，我与高鲁希经理开着一辆从使馆退役的二手奔驰车，随运输设备的车辆先期赶往莫亚雷，为项目组入驻做好准备。我们选了一个城郊的小旅馆，作为项目组临时住地，同时联系埃塞俄比亚水委会驻当地办

作者（左）在埃塞小城莫亚雷

事机构，为设备和管材寻找存放地，然后到埃塞俄比亚与肯尼亚边境检查站办理出入通行证。由于工地是在埃塞俄比亚境内的一个山坳里，行人可沿山路进出，但装载设备车辆要绕行肯尼亚境内的沙石公路才能运进去，每次出入边防检查站都要提交边境通行证并接受两国军警的检查。有一次过境时，我们的北京吉普车刹车不及时，因惯力向前多行驶了几米，肯尼亚军警在车后开枪射击，子弹打在吉普车两旁的地上迸溅出火花，吓得司机出了一身冷汗。跨越国境的工地曾发生过许多类似事件，现在回想起来，仍心有余悸。

莫亚雷小镇位于埃塞俄比亚和肯尼亚的南部边境，该镇的大部分土地属于埃塞俄比亚的奥罗米亚州，只有一小部分属于肯尼亚领土，是内罗毕至亚的斯亚贝巴全天候公路的一个重要的边防检查站。埃塞俄比亚管辖区人口约 2.5 万人，肯尼亚管辖区人口约 1 万人。一条南北大街贯穿镇区，白天几乎见不到多少人，一到晚上八九点钟，路两旁的小酒吧座无虚席。喜欢夜生活的年轻人喝酒、聊天、唱歌、跳舞，直至凌晨一两点钟。这个群山环抱的边境小镇是一座不夜城。

我们去的时间是 1989 年 2 月份，雨季尚未开始，还属旱季末期。一到傍晚，黑压压的蚊虫在空中盘旋，伸手即可抓到一把，如果没有蚊帐，很可能睡不到天亮就被蚊子咬醒了。当时，我们接到使馆通知，该地区脑膜炎盛行，让项目组派人速到中国医疗队取药预防。我打电话让在亚的斯亚贝巴留守的李运涛抓紧与中国医疗队联系，尽快让项目组人员服药，以防万一。另外，莫亚雷镇百分之七十的人携带艾滋病菌，大多数虽终身不发病，但听起来还是很可怕的。血液传染是主要途径，在当地医院打针一定要用一次性针头，否则感染病菌的可能性很大。还有可怕的疟疾，一旦染上能把人折磨死。项目经理高鲁希就在我们入住旅馆后不久不幸染上了疟疾。他得病期间，时冷时热，全身发抖。冷的时候，手脚冰凉，似身陷冰窟，盖上两床棉被还感觉冷；热的时候，大汗淋漓，似洗了桑拿一样，体温高达 38℃以上。病人头痛欲裂，恶心呕吐，肌肉酸痛，脸色发白，全身

作者（后排右一）在莫亚雷打井工地

无力。每天上午，我扶着他去镇里的诊所打针，一路摇摇晃晃，毫无力气。回到旅馆，我让老板娘做些病人能吃的饭菜，希望他尽早恢复体力。那段日子，我们俩度日如年，相依为命。高鲁希同志身心疲惫，痛苦至极，情绪低落，甚至一度陷入了绝望。他所承受的一边是病痛的折磨，一边是尚未开工的项目。自赵志玉同志牺牲后，国内新任经理迟迟未到，高鲁希承担起代经理的重任。前面的路如何走，是否能带领这支队伍按期完工，都是未知数。我当时能做的，就是尽我所能帮他分忧，把对外关系疏通好，为项目施工创造一个良好的环境。同时，日夜陪伴他，安慰他，鼓励他树立战胜病魔的信心。我时常跟他开玩笑说："有什么了不起，病好了我们一起继续战斗。如果有个万一，我在这里陪伴你，每年清明节去给你献花，并用好酒祭奠你。"现在听起来像是开玩笑，实际上当时我是含泪讲的，目的是让他坚强起来，放宽心，有我在，就不让他感到孤独。与高鲁希同志这份患难之情至今在我心中仍感觉沉甸甸的。

老天有眼，不久，高鲁希同志战胜了病魔，身体逐渐康复。这时，项目组全体人员及设备已全部进入工地，为抢在雨季来临前完成主要工作量，项目组除了我和高鲁希同志，其余人员都在工地上食宿，分白黑两班，人轮流休息，钻机不停。

因交通不便，莫亚雷镇物资极度匮乏，除了小得可怜的土豆外，几乎买不到其他蔬菜。项目组人员的一日三餐主要是罐头加面包，有时厨师在工地上抓几只珍珠鸡给大家改善生活。5月份，项目完成过半，大雨来临，施工推进越来越困难。有一次，半夜突然山洪暴发，大水淹没了井口，钻井泥浆被冲走，帐篷进水，项目组人员不得不爬上山坡，等待山洪退落。恶劣的天气及艰苦的工作环境没有吓倒项目组人员，按期完成合同规定的六口水井，为国争光，一直是全体人员的共识。经过近4个月的艰苦拼搏，大家克服了许多意想不到的困难，终于完成了合同项下第一个工地的供水任务。经加拿大工程监理验收合格后，业主确认项目通过，同意承包商撤离。项目组于1989年6月冒雨开始了项目大搬迁，向东部城市迪雷达瓦转移。别了，莫亚雷，这座难忘的边境小镇！

9　从莫亚雷到内罗毕

1989年5月，正值雨季时节，中国驻埃塞俄比亚使馆经商参处霍德新参赞、一秘孙金瑞、三秘苗地夫妇、参赞司机及招待所杨厨师一行六人驱车580公里来到位于莫亚雷的供水工地看望慰问项目组全体人员，给我们带来了茶叶、白酒、罐头、副食品及当年国内春晚的录像带。不仅带来了物质上的营养品，还有精神文化食粮，使身处异国边陲、物资极度匮乏、文化生活单调、施工条件恶劣的供水项目组人员备受感动和鼓舞。当晚，项目组厨师张高潮跑遍了小镇所有商店，尽其全力，倾其所有，做了一桌饭菜，热情招待使馆领导。席间，霍参赞边吃边向我们了解情况，充分肯定了项目组克服种种困难、团结一致、勇于奉献、不怕苦的精神，并举杯

作者（右）在内罗毕

作者在内罗毕

向项目组全体人员表示崇高的敬意。高鲁希同志当即表示：一定不辜负使馆领导的期望，不辱使命，按期高质量完成工程，为国争光。第二天，霍参赞一行到供水工地实地察看了项目进展情况，并会见了来自加拿大的项目监理工程师，为项目顺利推进奠定了良好基础。

埃塞俄比亚与肯尼亚山水相连，习俗相似，官方语言相同，东非大裂谷和尼罗河把这两个东非国家紧密联系在了一起。多年来，两国边界无战事，人民友好交往，和平相处。两个国家从历史上都与中国保持良好的外交关系，彼此政治互信，经贸往来频繁，文化交流不断。这两个国家均是中国对外承包工程的大市场，工程额逐年增加，互利合作前景广阔。为进一步推进这种双赢关系，详细了解亚的斯亚贝巴经莫亚雷至内罗毕公路大动脉的沿途情况，给国内提供第一手资料，霍参赞报经大使同意，带领我们一行七人于1989年5月16日办理了出境手续，离开莫亚雷，沿肯尼亚境内通往首都内罗毕的沙石路一路南下。

时值雨季，滂沱大雨时下时停，年久失修的路坑坑洼洼，车行缓慢。未雨绸缪，我们随车带了铁铲，遇到雨水冲坏的路，就下车及时修补。有一次，快到肯尼亚的利斯镇时，车陷进了泥沟，我们全体人员下车，前拉后拥才将车从沟里推出。当时，我们每个人的衣服都全湿透了，雨水和汗水混在一起，全成了“水人”。傍晚，我们行至马萨比特镇，考虑到安全问题，我们决定在此过夜，第二天一早再赶路。下榻的小客栈是一幢两层的小楼，楼后面有个小院子，车可以开进去。我们一路奔波，身体疲惫，饥肠辘辘，就让客栈做了一个西红柿热汤，炒了一盘羊肉、一盘鸡蛋洋葱，开了几个中国罐头，吃了一顿虽简单却香喷喷的晚餐，然后各自进屋倒头大睡。一觉醒来，天色大亮，淋湿的衣服已经烤干。早餐后，大家体力恢复，兴高采烈，带着好奇继续赶路。

去往内罗毕途中（作者右三）

作者在肯尼亚山国家公园

往南走，路渐渐好起来，车速也逐渐加快，虽时有颠簸，但路面基本坚固，再也不用我们下车修路了。从车窗向外看，一排排蚂蚁山随处可见，宽阔的肯尼亚平原一望无际，伸向远方。成群结队的肯尼亚人，有男有女，身着鲜艳多彩的民族服装，头顶瓦坛，手持木棍或长矛，吹着当地人特有的口哨不时向我们挥手致意。一路上，我们看到很多动物，有大象、野马、长颈鹿，还有不少的野牛，出没在路旁的灌木丛中，与人类和谐相处。我们去内罗毕的前几个月，肯尼亚政府刚刚焚烧了500多根大象牙，严厉打击象牙走私，严禁象牙贩卖生意，违者入狱。我很赞成肯尼亚政府为保护大象所采取的措施，只有全世界都行动起来，按照国际野生动植物保护条约，联手打击象牙及其他濒危动物的跨境走私，这些生物才能得以生存、繁衍，否则它们会慢慢从地球上消失，这是我们不愿意看到的。

过了巴蒂安山，肯尼亚山国家公园呈现在我们眼前。此地在首都内罗毕东北193公里处，横跨赤道，距东部海岸480公里，海拔1600米至5199米，占地面积142020公顷，包括肯尼亚山国家公园71500公顷，肯尼亚山自然森林70520公顷。该公园1949年建立，1978年4月成为联合国教科文组织人与生物圈规划的一个生态保护区，1997年列入世界遗产名录。

园内有湖泊、冰河及变化多样的地质构造，濒临灭绝的物种和世界上独一无二的高山植被。主要动物有狒狒、蝙蝠、大羚羊、羚羊、野猫、疣猴、象、鬣狗、野猪、豺、豹、狮子、水獭、犀牛、斑马等。山顶有5个独特的植物圈，山坡下是非洲山林。高大且长满苔藓的樟树、黄木、雪松等大树为动物提供了天然遮蔽。肯尼亚山植物奇特，品种独特的植物有13种，最引人注目的是裂片叶植物，其直立的花高达7米。

置身于如此梦幻般的仙境，看着这斑斓多姿的生物，呼吸着沁人心脾的天然氧气，我们都陶醉了。生态保护、人与自然和谐是何等重要！现代

作者（右一）在中国驻肯尼亚使馆经商参处

作者（左）在肯尼亚赤道线上

化不应排斥青山绿水，环境保护要与工业化同步，经济发展不应以破坏环境为代价，还要为子孙后代留下一片碧水蓝天。晚上，我们下榻在纳罗莫鲁河度假村。连排单层客房的外部像非洲的茅屋，用藤草铺顶，四周墙面用灌木环绕，从外面看上去像一组组茅舍，与园内的植物浑然一体，这是为不惊扰动物而专门设计的。客房的内饰与星级宾馆无任何差别，各种生活设施一应俱全。房外的游泳池像一面镜子，清澈见底，硬币投进去，数字可读，在阳光的照耀下，涟漪起伏。向窗外远眺，各种动物不时在丛林中出现，野猪、小羚羊偶尔还会从窗外走过。开放式的欧式餐厅用蜡烛照明，淡淡的肯尼亚咖啡散发着一种特有的香味，弥漫在空中。那晚，我们在烛光中吃了一顿地道的肯尼亚大餐。

第二天一早，我们告别了肯尼亚山国家公园，驱车 180 公里，终于抵达此次长途跋涉的目的地——肯尼亚首都内罗毕。车子一进市区，迎接我们的是一片片绿色。整个城市似披上了绿装，所到之处看不到任何裸露的土地，绿树成荫，花草遍地。参天大树随处可见，楼房外墙被绿藤覆盖，道路两旁鸟语花香。无数只猴子在街心空地追逐玩耍，不时还跳到行进的汽车顶端嬉戏，毫不顾忌车水马龙。内罗毕给我的第一印象是一座绿城，生机勃勃，苍翠欲滴，难怪联合国环境署的总部设在此市。据驻肯尼亚使馆经商参处的郭参赞介绍，内罗毕市面积648平方公里，人口约220万，位于海拔1680米的高原上，距肯尼亚第一大港蒙巴萨约480公里。“内罗毕”在当地马赛语中的意思是“冰凉的水”，常年平均气温18℃左右，不冷不热，是难得的度假旅游胜地。一年有两次雨季，分别是3~5月和10~11月。最显著的特色在于它的自然生态保护闻名于世。

1900年内罗毕发展成为东非的一个贸易中心，1905年成为英属东非保护领地的首都，1963年肯尼亚宣布独立并定都内罗毕。联合国环境规划署和人类住区规划署均设在此地，同时联合国在非洲的总部也在内罗毕。市中心肯雅塔国际会议中心是内罗毕的标志性建筑，国家博物馆、《走出非洲》作者卡伦故居、自由广场、长颈鹿公园等是内罗毕著名的游览点。位于内罗毕西北90公里处的内瓦莎湖，邻近东非大裂谷，是鱼鹰的故乡，景色秀丽，鲜花四季盛开，每年吸引众多世界各地的游客前来观光。中国国家领导人江泽民、李鹏曾先后到访此地。

中国驻肯尼亚使馆经商参处有一个单独的小院，院内有两座白楼，靠南边的一幢三层小楼为办公使用，北边的一幢二层小楼为招待所。当时的郭参赞曾任外经贸部办公厅主任，他为人热情，接待周到细致，使我们有一种宾至如归的感觉，特别是吃了经商参处厨师红烧的非洲带鱼，更觉得有回家之感。我们不仅游览了城市，还在以肯尼亚开国元首肯雅塔名字命名的肯雅塔国际会议中心和自由广场留了影。内罗毕的确是座旅游名城，人与自然和谐，人与动物相伴，生机盎然，四季绿荫，是我见过的最美的非洲城市之一。

10　在迪雷达瓦的日日夜夜

雨季过后，项目搬迁工作进展很顺利。在亚的斯亚贝巴短暂休整后，项目组全部进入迪雷达瓦市，开始了第二个工地的供水工程。该市位于埃塞俄比亚东部，是埃塞俄比亚第二大城市，也是该国的工业中心，在索马里语中意为“医疗之地”。

迪雷达瓦市始建于1902年，是亚的斯亚贝巴——吉布提铁路贯通后的沿线地区。据埃塞俄比亚中央统计局2005年度公布的资料，迪雷达瓦人口约40万，其中农村人口约10万，城市面积为1213.20平方公里，城市人口密度约每平方公里328人，以奥罗莫人为主，其次还有阿姆哈拉人和索马里人，官方语言为阿姆哈拉语，宗教以伊斯兰教和东正教为主。市区不大，规划有序，城市建筑具有欧洲特色。街道整洁，干道两边榕树高大荫密，红红的花朵长满了树冠。从市中心的市政厅顶层向四周俯瞰，层林尽染，

作者（左）与加拿大监理（中）及迪市供排水局局长在迪雷达瓦

埃塞八城镇供水项目迪雷达瓦竣工现场留念（作者左一）

姹紫嫣红，掩映在其中的几座黄色法式建筑格调清新，设计典雅古朴，给人一种历史沧桑感。

我们的营地设在迪雷达瓦市郊供排水局的一个仓库内，离市区约 3 公里，是该市供排水局局长为我们推荐的，可免费使用。仓库院内面积很大，除了供排水局的一幢库房外，全部为空地。我们在院子北部地势较高的地方自建了两排活动板房，北面的板房为宿舍，西面的板房为厨房和项目临时办公室，为安全起见，营地周围拉了一圈铁丝网。晚间照明靠自带的柴油发电机发电，用水要到附近的农村水井拉水。此时，我们的生活环境和条件有了一定改善。营地附近有一个菜地，黄瓜、西红柿、豆角都可以买到。离营地 4 公里处有一家养猪场，厨师每个月买一头猪，让项目组人员吃上红烧肉。另外，我们与一个植物园的老板交上了朋友，他的水果树随时让我们去采摘，伊拉克蜜枣、柑橘、桃子都可以吃到。我们曾给埃塞俄比亚农业大学打了两口水井，解决了大学的饮水问题，由此也建立了良好的合作关系。我记得有一次，农业大学给项目组送来了两大桶未加工的鲜牛奶，因没有煮开就直接饮用，导致大多数项目组成员得了急性肠炎，严重的同志卧床休息了好几天才痊愈。

6 月下旬，项目工作已到了关键时期，是否按期完工在此一举。此时，

作者在迪雷达瓦市木瓜园

新的项目经理孙发勇同志已经到任。他原是山东省地矿局政治处的干事，后作为年轻干部提拔到山东省地矿局八〇一水文大队，先后任政治处主任和副大队长，去埃塞俄比亚工作时才36岁。他严格要求自己，每天坚持下工地与施工人员一起扛钻杆，背泥浆，有时还亲自驾车去市区购买物资。为抢进度，他早出晚归，日夜操劳：白天指挥施工，应对监理工程师所提的问题；晚上还要想方设法解决项目组人员的酬金事宜，安抚众人的情绪。面对一些突发事件，他努力应对，但有时也感到力不从心，常常夜不能寐。作为身在异国他乡同甘共苦的同事，我很同情他的处境，总是尽我所能在工作上支持他，帮他排忧解难，共渡难关。回到国内，每当回忆起这段经历，他对我还是很有感激之情的。

11 思 乡

进入9月份，工程进展越来越顺利，项目组的生活条件也得到了较大改善。随着工程完工期的临近，大家对早日回国与家人团聚充满了期待，回家的心情愈加强烈。此时，又逢中国的传统节日中秋节来临，项目组成员思乡之情油然而生。为在异国他乡度过一个值得纪念的节日，缓解大家的思乡之情，项目组全体人员下午放假半天，有的洗衣服，有的理发，还有的打扫室内卫生。厨师提前准备了丰盛的节日食品，杀了一头猪，从城里买了新鲜水果、蔬菜及啤酒，从上午就开始张罗中秋节的晚餐。

晚6点整，全体项目组人员入座，等待团圆晚餐的开始。孙发勇经理第一个站起来致辞。他说："我们兄弟十三人远离祖国和家乡亲人，代表国家来到埃塞俄比亚执行八城镇供水项目，虽任务艰难，但使命光荣。我们用实际行动维护了祖国的形象，得到了业主和工程监理的认可，为中国地质工程公司争了光。我们的艰辛没有白付，汗水没有白淌，泪水没有白流，最艰苦的时期我们挺过去了。十三个人就是十三条汉子，男儿有泪不轻弹，一定要圆满完成祖国交给的任务，不辜负家乡亲人的重托和期望！"然后大家轮流发言，均表示尽职尽责，不辱使命，按期完成合同工程。最后全体人员举杯时，我看到每个人的脸上都挂满了泪水。这是高兴的泪水，饱含酸甜苦辣的泪水，也是思乡的泪水。项目组会餐后，我和厨师张高潮、副经理高鲁希及翻译李运涛又提了一捆当地生产的瓶装啤酒，在工地院子里席地而坐，头顶星星，借着明亮的月光，一边聊家乡，一边尽情畅饮，不知不觉黎明已经来临。那天我写了一首打油诗，记录了那晚的情景："抬头看月亮，饮酒思故乡。仰望北斗星，祖国在何方？万里寻梦来，酸甜苦辣尝。期盼使命尽，早日回东方。"

12　既是对手又是朋友的监理

埃塞俄比亚八城镇供水项目是由非洲开发银行资助，埃塞俄比亚政府水资源委员会供排水局负责实施。工程监理为加拿大工程咨询协会，现场工程师由奥斯卡和雷米先生担任，监理办公室设在亚的斯亚贝巴机场路106号。

奥斯卡先生40多岁，工科出身，加拿大人，工作认真、敬业、严谨，具有很强的亲和力和沟通能力，做事有礼有节，但作为工程监理，他一切按合同办事。他的夫人也是典型的加拿大人，不拘小节，为人热情，豁达、开朗、爽气，与他们夫妇俩交往没有任何障碍。为增进相互了解，我们经常约他们夫妇二人到中国使馆经商参处做客，品尝正宗的中餐。有时，我们也请他们参加中国大使馆的国庆及春节招待会，把他们介绍给我们的大使、参赞。久而久之，我们成了很好的朋友，为顺利完成工程项目创造了

作者（左一）与加拿大项目监理雷米先生合影

作者（右一）与加拿大项目监理在埃塞俄比亚莫亚雷工地

有利条件。

雷米先生30多岁，担任该项目监理工程师是他研究生毕业后的第一份海外工作。他为此很投入，也很专注。工地转移到哪里，他就出现在哪里，基本上是与我们朝夕相处，同吃同工作。在合同执行过程中，他与我们配合得很好，大多情况下只要在合同范围内，他都能采纳我们对改进工程所提出的合理化建议，并向奥斯卡先生反映我们施工中的实际困难。他很喜欢吃中餐，特别爱吃我们厨师做的葱油饼，有时候他主动到项目组的厨房，问厨师有什么好吃的东西。他为人直爽，有问题直来直去，从不拐弯抹角。我们大家都很喜欢他，也很配合他的工作。

监理是代表业主利益的，也代表业主监督合同的执行。我们承包商每完成一段工作，必须由监理检查验收并签字确认。没有监理的签字，承包商所做的工作是无效的，也拿不到业主的付款。因此，与监理搞好关系，是承包商顺利履行合同的关键。但如遇到不讲理的监理，也必须针锋相对，有理有据，坚决反击。我在该项目实施过程中曾碰到一位来自法国的电器工程师，他傲慢自大，专横跋扈，自以为是，不懂得尊重别人，对我们的封井平台提出了一些无理要求，而且对中国人有一种骨子里的歧视。我们

作者在埃塞俄比亚德赛供水工地

对他的所作所为给予了毫不留情的反驳，并报业主坚决要求更换这位法国人，否则我们拒绝施工。在我们的据理力争下，业主同意更换监理，此人灰溜溜地离开了工地，以后再也没有他的消息。

围绕合同条款的执行或某一工程段的索赔问题，我们经常与监理坐在一起讨论，阐述彼此对条款的理解。有时是和风细雨式地讨论，有时也相互激烈辩争，但从来没有伤过和气，更没有人身攻击。首席监理工程师奥斯卡先生曾在我们一次会晤后说过这样一段话，到现在我还记忆犹新。他说：“有时为了各方的利益据理而争，更能赢得对方的尊敬。如果任何事情都一盘和气，不坚持原则，不仅得不到尊敬，更交不了真正的朋友。”20多年过去了，每当我看到与这两位加拿大工程监理的合影，他们的音容笑貌和与他们共事的点点滴滴仍活跃在我的脑海里。我期望与他们在某一时刻重逢，一起回忆当年的故事，因为这种患难结交的跨国友谊是不易忘却的。

13 真情感动业主

在整个八城镇供水项目实施过程中，中国地质工程公司埃塞俄比亚项目组克服了诸多意想不到的困难，含泪告别了战友的遗体，战胜了许多诸如脑膜炎、急性疟疾、黄热病及各种蚊虫的致命叮咬等困难，无怨无悔，坚定不移，十三个人就像一座铁塔，巍然屹立，不辱使命，按合同规定的时间让当地居民喝上了安全的地下水，为中国地质公司赢得了荣誉，为祖国争了光彩。项目组这种一不怕苦、二不怕死的大无畏精神及一流的打井工艺感动了业主，从埃塞政府供排水局的局长、处长到每一个项目所在地的水委会官员，无不对我们钦佩、信服。

在国际承包市场上，业主与承包商的关系是雇佣与被雇佣的关系，双方的相关责任与义务均在项目合同书中予以明确，合同一经签订，除不可抗力外，任何一方不得随意变更。合同是规范业主与承包商关系的准则和依据，严格履行合同项下的各项条款是构建业主与承包商良好关系的基础。在执行八城镇供水项目期间，我们对合同书进行了多次认真研读，对每一个条款逐项分析，对合同中的有利和不利条款认真梳理把握。在历次与业主及工程监理的会晤中，我们准确使用合同条款，有理、有节地争取和维护我们的利益，不说外行话，不做超出合同范围的事，用工程进度和质量说话，树立了国际承包商的风范，赢得了业主的高度信任。在严格履约的同时，在日常交往中，我们注重与业主交朋友，以心换心，以诚待人，尊重当地的宗教信仰和风俗习惯，善于把中非两种文化有机结合，使之相得益彰。

在埃塞俄比亚工作的两年间，每逢中国或埃塞俄比亚的节日，我们总是想方设法与业主一起欢度，分享快乐。有时邀请业主参加我们使馆的招

作者（右一）与埃塞供排水局局长（右三）和加拿大监理（左二）在中国大使馆国庆招待会上

待会，有时请使馆经商参处的厨师做一桌正宗的中餐，邀请业主与我们一起品尝，有时也专程到业主家中走访慰问。周末的时候，我们还请业主方的几位主管处长到中国大使馆打乒乓球，在切磋球艺的过程中增进了相互的了解，培养了友情。功夫不负有心人，我们所做的这一切让业主感受到了中国人的真情厚谊，看到了中国承包商认真、严谨的敬业精神，为顺利完成合同项下的全部工程起到了很好的促进作用。

14　大使馆的宝贵支持

在埃塞俄比亚的中资企业中，我们八城镇供水项目无论是工程规模、承包金额还是人员数量都排不到前列，其影响也不算大，但我们从项目开始到结束，始终得到了我国驻埃塞俄比亚大使馆的鼎力支持和亲切关怀，从大使、参赞到秘书以及工勤人员都给了我们许许多多的关心和帮助。特别是经商参处霍德新参赞和夫人战玉荣、二秘贾平、三秘苗地、经参处招待所孙金瑞所长和三秘杨四新同志，更是对我们项目组倾注了兄弟般的情

作者在驻埃塞使馆经商参处招待所

作者（右二）给中国驻埃塞使馆商务参赞汇报工作

谊，帮助我们解决了一个又一个困难，使我们在发生车祸，失去项目经理的情况下，能够迅速化悲痛为力量，团结一致，勇于应对前进道路上的任何困难，按时完成了合同项目。

项目组人员身处异国，远在非洲他乡，不再有熟悉的环境和语言，工作和生活上会碰到许多意想不到的问题。大使馆既是国家的象征，也是在国外工作和学习的中华儿女的家。每当看到五星红旗在异国的天空高高飘扬，就像回到了祖国，见到了亲人，有一种久违的感觉，对祖国母亲的眷恋之情油然而生。没有过异国历练的人是不可能有这种心情的。

项目组在埃塞俄比亚南部城市迪拉遭遇车祸，车毁人亡，使馆经商参处霍德新参赞带队第一时间赶赴现场，处理相关善后事宜，慰问安抚项目组人员；在莫亚雷第一个工地我们施工最困难的时候，霍参赞带领三秘苗地夫妇等人冒雨日夜兼程 500 多公里盘山路，通过埃肯边境，深入施工现场指导工作，并给项目组带来了急需的生活用品，极大地鼓舞了项目组全

作者（后排左一）与中国驻埃塞使馆顾大使等合影

体人员的士气；当项目工地转移到邻近索马里边境的埃塞俄比亚东部城市——迪雷达瓦后，霍参赞夫妇又专程陪同中国驻埃塞俄比亚特命全权大使顾家骥夫妇一行驱车400多公里的沙石路，不顾一路颠簸，尘土飞扬，

作者与中国驻埃塞使馆经济参赞夫人合影

到打井现场慰问我们，亲自将茶叶、啤酒、酱菜、糖果及副食品分发到每个项目组成员手中。大使夫人和参赞夫人不顾旅途劳累，还亲自为我们包了水饺。使馆的亲情和温暖感动了项目组全体人员，也影响了当地水委会的官员和加拿大工程监理，在迪雷达瓦市产生了良好的反响。正如中国外交部部长王毅所说："外交工作要以人为本，服务民生。做到中国公民走到哪里，我们的服务和保护就跟随到哪里，让每一个身处海外的同胞都能随时随地感受到党和国家的关心和温暖。"

2009 年 10 月，正值全运会在济南举行，我邀请霍参赞夫妇来济南观光。我陪同两位老人游览了趵突泉和大明湖，并委托单位的李艾银同志专程护送他们赴青岛参观。分别之际，霍参赞心情异常激动，眼含泪水与我紧紧相拥。这种真情厚谊跨越时空，我会永远珍藏心间。

15　慷慨的埃塞俄比亚兄弟

埃塞俄比亚人善良、纯朴、热情、奔放，爱憎分明，就像电影《上甘岭》主题曲《歌唱祖国》里的歌词——“朋友来了有好酒，敌人来了有猎枪”。他们对朋友坦诚相待，对敌人坚决抗击，不屈不挠，与我们中华民族有着极为相似的性格。在实施八城镇供水项目期间，我亲身感受到了埃塞俄比亚兄弟的这种品德。

由于项目尚未开始，我们就在赴莫亚雷工地的途中发生了车祸，自带的八吨黄河运输车报废，项目经理牺牲，给项目前景蒙上了一层阴影。为减少损失，我与项目代经理高鲁希同志抱着试试看的心态，来到了前一周

作者（右）与迪雷达瓦市水委会主任合影

作者（左二）在埃塞俄比亚水资源委员会主席办公室

刚刚对我们的车辆和物资完成投保的埃塞俄比亚保险公司咨询索赔事宜。总经理是位女士，曾在美国留学，讲一口流利的英语，身材微胖，高贵典雅，很有一种出身名门的气质，大气、热情。在听我介绍了事情经过后，她很同情中国项目组的不幸，当即表示中国朋友不远万里来到埃塞俄比亚给当地人打井供水，遇到困难他们理应伸出友谊之手，帮助中国朋友渡过难关，力所能及地减少中国项目组的损失。我们对总经理深表感谢，她的一番话也深深地感动了我们。时隔一周，埃塞俄比亚保险公司通知我们，索赔的事已解决，车辆损失全部挽回。

1989 年 8 月，项目组进入迪雷达瓦工地初期，因营地建设尚未开始，住宾馆成本过高，找到临时住地是急需解决的问题。了解到我们的实际情况后，埃塞俄比亚供排水局迪雷达瓦市办公室主任主动提出让项目组搬到他的宅院暂住，不收任何房租，同时还为我们的车辆及设备管材提供了安全的存放地。这位主任时年 38 岁，有两个孩子，正在读小学，太太在市政府上班，能讲英语，为人热情周到，不拘小节。在我们暂住他们家期间，彼此像家人一样，互通有无，不分彼此。我们厨师做了中餐请他们全家一起品尝，他们也不时给我们送来地道的埃塞传统食品英吉拉。英吉拉是由苔麸粉、发酵粉及少量面粉加水混合后，经过充分发酵，用平底锅摊制成的一种薄饼，加上羊肉沫汁，吃起来很香，并有助于肠胃消化吸收。经过一个多月的朝夕相处，项目组全体人员与这对友好的埃塞夫妇结下了很深的友情。当我们决定搬至新建的营地时，都有一种难以割舍的情谊。他们夫妇成了我们在埃塞工作期间最好的朋友之一。

迪雷达瓦市郊有一个埃塞俄比亚国防军榴弹炮团，拉炮的车辆是苏制十几吨的重型车。如能用炮车拉管材，简直就是小菜一碟。一个周末的上

作者（左）与埃塞俄比亚驻华大使合影

午，我和高鲁希同志带着几个景泰蓝的小瓷花瓶，驾驶北京吉普车到榴弹炮团驻地拜见团长，寻求帮助。这位团长看上去有40多岁，上校军衔，身材不高，但显得很干练。知道我们的来意之后，他非常爽快地拍着我的肩说："朋友，没有问题，给你们派三辆炮车，把工程所用的管材以最快的时间拉到你们指定的位置。"团长的热情、爽快深深地感染了我和高鲁希同志。这种慷慨无私的国际友情是不多见的，不仅彻底解决了我们项目管材的运输难题，而且全部免费，没有让我们支付一分钱，极大地节省了我们宝贵的工程施工时间及一大笔工程费用。事后多年，每当我想起此事，这位埃塞俄比亚团长的音容笑貌就会清晰地浮现在我的眼前。正所谓："海内存知己，天涯若比邻。"

16 经历政变

在埃塞俄比亚工作期间，还有一件至今想起仍感觉惊心动魄的事。1991 年 5 月的一个周日，我正在首都亚的斯亚贝巴休整，就住在使馆经商参处的招待所。早晨约 7 点钟，我起床后去院子里洗漱，忽听空中传来一阵嗡嗡的轰鸣声，我抬头一看，发现十几架飞机超低飞行，盘旋在市区的上空，飞机翼下的轮子清晰可见。我顾不上擦脸，急匆匆地跑回房间，观察事态的发展。这时，河北省缝纫线项目组的秦翻译（来自河北师范大学的一名英语教师）气喘吁吁地跑到我的房间大声喊：接使馆通知，埃塞俄比亚总统门格斯图被迫辞职下台，埃塞人民革命民主阵线（以下简称“埃民阵”）向亚的斯亚贝巴发起猛烈进攻。为安全起见，各中国项目组人员一律不得外出。随后的几天里，政府军无力抵抗，节节溃败。埃民阵武装于 5 月 26 日攻占了位于首都亚的斯亚贝巴东南约 50 公里的埃塞俄比亚最大军用机场，并切断了通向首都的所有陆路通道。28 日，埃民阵武装部队进城，占领了总统府，接管了国家政权。29 日，埃民阵开始清除前政府武装。30 日，前政府一些高级官员向埃民阵军队投降。1974 年 9 月 12 日以发动军事政变上台的总统门格斯图·海尔·马里亚姆政权被推翻，门格斯图带领 3000 多名官员潜逃国外，至今流亡在津巴布韦。自 1988 年爆发的埃塞俄比亚内战宣告结束。1991 年 7 月，埃塞俄比亚成立过渡政府，埃塞革命阵线主席梅莱斯·泽纳维当选总统。1994 年 12 月，埃塞制宪会议通过新宪法。1995 年 5 月举行多党选举，8 月 22 日，埃塞俄比亚联邦民主共和国成立，梅莱斯以人民代表院多党主席身份就任总理。之后，在 2000 年和 2005 年两次大选中，埃塞革阵均获胜，梅莱斯连任总理直至 2012 年逝世。他在任期间，为新埃塞俄比亚的振兴及经济发展做出了巨大贡献，赢得国

作者在埃塞军事政变的坦克前留影

际社会的高度评价，而且是中国人民的好朋友。

2008年初，我故地重游。据在使馆工作的同学介绍，2006年12月12日，埃塞俄比亚法庭经过审理认定，埃塞俄比亚前总统门格斯图在1977年至1978年间曾下令屠杀了近2000名无辜平民。2008年5月26日，埃塞俄比亚最高法院以种族灭绝罪缺席判处门格斯图死刑。

17　到非行总部查询

八城镇供水项目结束后，按合同规定有一年的保修期，同时业主扣留项目总金额10%的滞留金，用于项目保修期内因质量问题所发生的保修费用。保修期满，经业主或委托监理工程师验收合格，无任何质量问题，业主再将滞留金支付给承包商。

1992年5月，由时任山东省地矿局副局长胡浦元带队，局财务处处长张式璞、省八〇一水文地质工程大队队长王善煜和我一同赴埃塞俄比亚检查指导工作，慰问正在实施的第二期供水项目全体成员。在埃塞期间，胡副局长一行拜会了埃塞俄比亚水委会主席提拉洪先生，对他长期以来所给予中国项目组的支持和关照表示感谢，并驱车300多公里到埃塞俄比亚北部德赛地区的贡德尔镇看望二期工程的项目组人员，了解项目推进情况及存在的问题。得知一期工程保修期验收合格后10%的滞留金尚未到位，二期工程预付款正在审批中，致使项目资金周转困难，胡副局长与大家协商后，当即向中国大使馆做了汇报。经时任经商参处霍德新参赞同意，并请示局党委批准，我们决定在结束埃塞访问活动之后，直接赴科特迪瓦非洲开发银行总部查询项目资金拨付情况。

科特迪瓦位于非洲西部，在法语中的意思是“象牙的海岸”。自1893年起成为法属殖民地，经济首都阿比让素有“非洲小巴黎”之称，是西非金融、贸易中心及重要的港口，风景优美，现代化程度高，是科特迪瓦最大的旅游中心，同时也是非洲重要的金融之都，稠密的金融网奠定了其西部非洲金融中心的地位。阿比让现有42个财政金融机构，其中有20多家国际银行和40多个支行。著名的非洲开发银行就坐落在这所城市。第一次到访阿比让，犹如置身于法国的某一城市，无论其语言、饮食还是现代化

作者（右）与北外校友李军在非洲开发银行合影

建筑，均有法兰西的风格，上百年的法国统治给科特迪瓦留下了太多根深蒂固的烙印。

经我驻埃塞使馆霍参赞介绍，我们一行四人住进了位于阿比让市郊的中国驻科特迪瓦使馆经商参处招待所。该招待所是一幢黄色二层小楼，经商参处办公室及宿舍与客房均集中在楼内。那个时期，国家还不富裕，外汇紧张，出国团组为节省开支，要么住中国公司代表处，要么住使馆招待所，很少到当地的星级酒店入住。有的驻外使馆专设了招待所，接待能力较强，有的招待所只有几间客房，主要安置外交人员的家属，为往来的中国团组提供便利，同时增加些收入，解决馆内编外家属的收入问题。

无巧不成书，我在遥远的西非碰到了我的另一位北外法语系校友李军，他时任驻科特迪瓦使馆经商参处二等秘书。异国见同学，心情分外激动。他主动做向导，不仅帮我们找到了非洲开发银行的相关负责人，查询了我们在埃塞俄比亚项目中的拨款情况，而且使我们与非洲开发银行建立了良好的工作联系，有力地促进了埃塞俄比亚供水工程的顺利实施。

据非洲开发银行的官员介绍，1963 年 7 月 31 日，在苏丹首都喀土穆举行的非洲国家财政会议通过协定，决定成立非洲开发银行，并于 1964 年 9 月正式成立，1966 年 7 月开始营业，其宗旨是加强非洲人力资源利用与促进成员国经济发展，优先对有利于地区经济合作与扩大成员国贸易项目提供资金与技术援助，协助成员国研究、制订与执行经济发展计划。银行成立之初只吸收非洲独立国家为成员国，1979 年做了修改，美国、日本、德国、加拿大、法国等 21 个非本地区国家随即加入。截至 1985 年 5 月，共有 75 个成员国，其中非洲国家 54 个。银行资金主要来自成员国认捐，贷款对象为非洲地区组织，用途包括促进农业、交通、通讯、工业、供水、

大西洋海滨

公共事业、卫生、教育与私营投资发展，并提供国家贷款改革、技术援助与政策咨询，贷款期限一般为12~20年，延展期为5年。非洲开发银行的成立为非洲各成员国的民族独立和经济复兴起到了不可替代的作用。

波涛汹涌、巨浪翻腾的大西洋不仅使人震撼，也给我们带来了好运，科特迪瓦之旅一切顺利。多年后，我在北京再次见到执教于外交学院的老同学李军时，感激之情油然而生，真诚祝愿他一生平安！

18　国际承包工程的磨炼

国际工程承包是指一个国家的政府部门、公司或企业通过公开招标或议标等方式，委托国外有资格的工程承包人按合同规定的条件承担完成某个工程项目。通过国际工程承包，可以带动资本、技术、劳务、设备及材料的输出。国际承包商须严格按照业主的要求和条件，依照相关国际惯例，在业主规定的时间内，确保质量，完成工程项下的各项任务。如果由于承包商的原因致使工程拖期，承包商将会受到处罚并按合同所规定的条款向业主支付赔偿（不可抗力或由于业主行为除外）。

国际工程承包具有诸多不确定性或不可预见性，因此，承包商必须熟练掌握合同条款，善于充分利用有利因素，将不利因素转化为有利因素，并对某些不可预测因素事前要做出应对方案，尽量把损失降到最低。一个国际工程承包项目成功与否，关键在于项目经理的素质及应对能力。一个优秀的项目经理应懂专业，会外语，熟悉国际工程承包的相关基础知识，对内善于管理，对外有较强的沟通和公关能力。埃塞俄比亚八城镇供水工程是一个典型的国际工程承包项目，具有时间紧、任务艰巨、工地之间跨度大、施工条件恶劣等特点。两年多的工程经历对我来说是个难得的磨炼机会。从设备海运、港口清关、提货、运输、存放到车辆设备承保、商业银行开户、人员工作证办理、业主预付款支付、工程施工、索赔争取、监理工程师验收、项目完工、业主签字确认，是一个非常复杂的过程。任何一个环节处理不当，都会影响整个项目的实施，严重者会导致工程工期拖延，损坏承包商在国际上的形象，甚至进入“黑名单”。因此，在埃塞俄比亚供水项目实施过程中，我掌握的原则是一切按合同办事，言而有信，行必有果，坦诚相对，以理服人，与人为善。对业主及工程监理不卑不亢，以合同为依据，以约定为准绳，该争取的一定要据理而争，有礼有节，以事实说话，不能无理辩三分。坚持原则，维护承包商正当的权益，更能赢得业主及工程监理的尊敬。同时，要善于与其交朋友，相互理解、包容。先交朋友、后做事是建立相互信任的前提。民族或国别之间，文化不同，信仰各异，习俗不一，但其共同点是言必信，行必果，这是构成人与人、国与国、民族与民族之间友好合作的基础。离开了这个基础，就无信任可谈，无共赢之说。另外，良好的沟通是做好国际工程承包不可或缺的因素。准确地使用语言，用词贴切达意，以情感人是优秀国际项目经理必不可少的基本素质。任何事情，无论复杂与否，无论国内国外，只要你善于与他人沟通，准确表达你的思想，同时又能使对方愿意倾听，不强压于人，就能找到解决问题的途径，最终达成一致。另外，在国际工程承包中，要学会沉着、冷静、淡定，既要超前谋划，未雨绸缪，又要临场不乱，善于应对突发事件；既要大胆，敢于尝试，又要严谨、细致。

作者（中）与秘鲁合作伙伴商谈项目

我驻外使领馆，特别是经商参处，是我们对外工作的主心骨和坚强后盾。紧紧依靠使馆，遇事及时汇报，争取使馆支持是顺利开展对外经济技术合作的关键。外交服务于经济建设，为“走出去”企业创造良好的外部环境是党中央的英明决策，也是奋战在异国他乡几十万商务工作者的殷切期望。前后六年多的国外工作经历使我深深体会到，有五星红旗飘扬的地方，就有祖国母亲的身影，就有我们克服一切困难、完成使命的动力和信心。

第三篇　在孟加拉当外交官

在北京外国语学院读书的时候，我就期盼着毕业后能有机会到驻外使领馆工作，当一名名副其实的外交官。但事与愿违，我毕业后分配到了山东地质学校，做了一名英语教师，而且一干就是 8 年。值得欣慰和自豪的是，我所执教的两个中专班和一个职工大学班，共计近 150 名学生中，有很大一部分相继成长为山东省国土与地矿系统的领导和技术骨干，到现在仍与我保持着浓浓的师生情谊，让人羡慕。后来，我虽有机会到伊拉克和埃塞俄比亚参加国际工程承包工作，但到中国驻外使馆做一名真正的外交官一直是我的梦想。

1　北京小汤山培训

1992年下半年，由中国驻埃塞俄比亚使馆经商参处霍德新参赞推荐，经当时国家外经贸部和山东省地矿局党委批准，我被选派到中国驻外使馆经商参处工作。起初，我的国别去向是埃塞俄比亚，后因故改为孟加拉国。不管怎样，我终于如愿以偿了。1992年年底前，我到位于北京长安街的外经贸部人事司五处报到，徐秀萍副处长热情接待了我，向我介绍了驻孟使馆经商参处的相关情况，并正式通知我于1993年3月初到北京郊区小汤山外经贸部管理干部学院参加第13期驻外人员培训班，接受为期一个月的外派综合知识集中培训。

小汤山是北京北郊的重镇，素有“温泉古镇”之称，南距亚运村17公里，东距首都机场16公里，总面积70.1平方公里，地热资源十分丰富。因此处为小山丘，海拔仅50米高，且山麓有温泉，古人称热水为“汤”，故

作者（最后排左五）参加国家外经贸部第13期驻外人员培训班（北京小汤山）

名小汤山。

1993年3月1日，外经贸部第13期驻外使馆经商参处干部培训班在小汤山外经贸部管理干部学院开班，学员近50名，来自全国各地，其中来自外经贸部在京的直属单位较多。培训班学员包括拟任的参赞和秘书，派往的国别有亚洲、非洲、拉美及东欧地区，共分为5个组，每组10人，每两人住一个房间。我的室友来自浙江省外贸公司，大我3岁，拟派往南美的厄瓜多尔。培训班每周六、周日集中上课，晚上自由活动。每天上课时间为上午8：00至12：00，下午为2：00至6：00，授课老师主要是外经贸部各司局长和外经贸大学的知名教授。我记得培训课程主要有薛荣久教授主讲的《资本主义国家外贸政策与措施》，刘舒年教授讲解的《国际金融实务》，王绍熙教授专题授课的《中国对外贸易理论和政策》等。除此之外，外经贸部的相关司局长根据其主管的业务，也分别给培训班做了一系列讲座，内容主要包括驻外经商参处调研、我国从国外及国际组织贷款情况、我国目前的引进外资情况、亚洲地区情况介绍、我国对外贸易管制情况、外交礼仪、驻外财务规定、驻外经商机构政治思想工作及干部规定、我国的对外援助、国际经济合作及国际形势综述等，内容丰富，知识面广，针对性强，既有理论，又有案例，对做好驻外经商参处工作有很大的帮助。培训班结业时，时任外经贸部李国华副部长做了培训总结，石广生部长给全体学员颁发了结业证书，并在教学主楼门前合影留念。此次培训虽只有三个周，但对每一位即将外派的经商干部来说是不可或缺的，是做好驻外经商工作的基础。对我个人来讲，更是受益终生。20年过去了，当年培训老师给我们讲述的中国首任驻美联络处主任黄镇同志对外交人员总结的五句话，我至今仍记忆犹新：

1.入乡随俗，入国问禁。

2.来找必要去，可以听了回来研究答复。

3.不借外交豁免权在经济上占小便宜。

4.服装整洁，勤修边幅，朴素大方，有民族特点，不必珠光宝气。

5.外事守时守信，与人合摄的照片也应送人一张，切勿忘却。

2 孟加拉国的由来

孟加拉国虽然是一个很年轻的国家，但它是南亚次大陆古老地区之一，历史悠久。印度古代梵语史诗《摩诃婆罗多》和梵语文献往世书都曾提到过一个名为“文加”或“孟加”的三角洲王国。公元前4世纪时，印度孔雀王朝即将孟加拉地区纳入自己的版图。此时，佛教开始传入并影响这一地区。公元4世纪时，笈多王朝又将孟加拉地区收为自己的领地。从公元750年至1200年，波罗和犀那两个孟加拉王朝相继统治这一地区。公元7世纪时，我国唐代高僧玄奘游学印度时发现，佛教尽管与印度教存在激烈冲突，但依然处于优势地位。公元10世纪末，穆斯林开始入侵南亚次大陆。12世纪末，孟加拉落入德里苏丹国的统治之下。1338年，孟加拉地区从德里苏丹国分离出来，建立了一个独立的孟加拉穆斯林王国，定都于达卡的索纳尔冈。1576年，孟加拉地区被莫卧儿人征服。穆斯林统治期间，

作者夫妇参观孟加拉独立纪念碑

生活在今天孟加拉国所在地的大部分人皈依了伊斯兰教。1765年，英国东印度公司控制了孟加拉，并逐步征服整个印度，使之成为自己的殖民地。1947年，印度与巴基斯坦分治，孟加拉地区被分为东西两个部分，西部归印度，东孟加拉地区成为东巴基斯坦。1971年3月东巴基斯坦宣布独立，1972年1月7日正式成立孟加拉人民共和国。

孟加拉国位于南亚次大陆东北部的三角洲平原，国土面积14.7万多平方公里。东、西、北三面与印度毗邻，东南与缅甸接壤，南临孟加拉湾。全境85%的地区为平原，东南部和东北部为丘陵，大部分地区属亚热带季风性气候，湿热多雨，11月至2月为冬季，3月至6月为夏季，7月至10月为雨季，年平均气温为26.5℃。冬季是一年中最宜人的季节，最低温度为4℃，夏季最高温度达45℃，雨季平均温度30℃。孟加拉国被人称为“水泽之乡”和“河塘之国”，是世界著名的鱼米之乡。全国大小河流230多条，内河航运线长达6000公里，河流纵横，密如蛛网，湖泊众多，星罗棋布，如同一面面明镜镶嵌在恒河三角洲平原上。孟加拉国人口1.42亿，人口密度每平方公里达900余人，是世界上人口密度最大的国家之一。占其人口98%的孟加拉族是南亚次大陆最古老的民族。国语为孟加拉语，通用英语。国教为伊斯兰教。全国划分为达卡、吉大港、库尔纳、拉吉沙希、巴里萨尔和锡莱特6个行政区，下设64个县。达卡为国家首都。

孟加拉国属于最不发达国家之一，经济基础薄弱，人多地少，对外依赖性大，国民经济主要依靠农业，产品有茶叶、稻米、小麦、甘蔗、黄麻等。矿产资源主要有天然气和煤，森林面积约有200万公顷。工业以制麻、皮革、制衣、棉纺织和化工为主。黄麻是孟加拉国的经济命脉和出口创汇的主要来源，平均年产量约占世界产量的1/3。

孟加拉国旅游资源丰富，有世界上最大的未曾间断的狭长沙滩，拥有世界上最大的红树林，也是珍贵的孟加拉虎的故乡。三个世界上最大的茶园坐落在锡莱特地区。孟加拉人的淳朴，原生态的环境，纯天然的海滩，是促进孟加拉旅游业快速发展的重要因素。

3　中国与孟加拉是朋友

中国与孟加拉是亲密友好的近邻，自 1975 年 10 月 4 日两国正式建立外交关系以来，双边关系发展顺利，在政治、经济、文化、军事等领域展开了互惠互利的合作。特别是 2005 年两国建立长期友好、平等互利的全面合作伙伴关系后，中孟友好关系开启了新的一页。

2002 年 1 月，朱镕基总理对孟加拉进行了正式访问，双方签署了经济技术合作等 7 个协定和备忘录。同年 12 月，卡莉达·齐亚总理对中国进行正式访问，中孟两国政府签署了 4 个合作文件。2005 年 4 月，温家宝总理

作者夫妇在孟中友谊桥欢迎钱其琛副总理夫妇

对孟加拉进行正式访问，双方签署了9项合作协定。同年8月，卡莉达·齐亚总理再次访问中国。2010年3月，在哈西娜总理正式访华期间，双方发表了《中孟联合声明》，从战略高度建立和发展两国更加紧密的全面合作伙伴关系。在中孟双方的共同努力下，两国双边贸易额从2001年的9.7亿美元上升到2011年的86.6亿美元。多年来，无论哪个党执政，孟加拉历届政府始终坚持一个中国政策，对华友好，把中国视为能够经受住任何考验的朋友，发展同中国的友好关系是孟加拉对外政策的重点，在国际重大问题上与中国协同一致。同时，中国政府对孟加拉实施了多种形式的经济援助，开展了多个经济技术合作项目，从路桥建设、电站施工、第一个煤矿的运营到港口扩容，为孟加拉的经济发展和百姓福祉提供了力所能及的支持和帮助。截至2012年12月底，中国已向孟政府提供经济援款37.95亿元人民币，在孟累计签署承包工程额88.84亿美元，对孟非金融类直接投资存量为1.2亿美元，双边贸易总额达100亿美元。

作者（左一）与孟加拉公路局局长商谈工作

作者（右）与孟加拉经济部长合影

中国外交部长王毅在2014年5月22日会见孟加拉外长阿里时指出：中国政府珍视中孟传统友谊，高度重视发展对孟关系。中方愿同孟方一道努力，保持高层接触与互访势头，推动两国关系再上新台阶。中国政府将继续鼓励中国企业赴孟投资，支持双方开展多领域的务实合作，愿与孟方密切配合，使孟中印经济走廊建设进一步走实，早日给有关各方带来切实利益。可以说，中孟两国情谊深厚，互惠互利是两国深化全面合作伙伴关系的基础，中孟合作前景广阔，人民友好将会与日俱增。

4　达卡印象

1993年5月初，我偕夫人和驻孟经商参处林维强三秘的妻子姚瑶经泰国曼谷飞抵孟加拉国首都达卡市。驻孟经商参处的两位秘书在机场迎接我们。5月的达卡正值干旱热季，气温高且湿热。我们一出机场大门，扑面而来的热浪使人躲闪不及，到停车场不足5分钟的距离，我们三人竟然汗流浃背。从机场到使馆区大约有半小时的车程，坐在车里，凝目窗外，高大的椰子树随处可见，香蕉树、芒果林及其他热带树木遍及市区和郊外。沿路车水马龙，装饰得五光十色的三轮车构成了达卡市一道特有的风景线。

作者（右一）在孟加拉达卡

孟加拉国首都达卡位于恒河三角洲布里甘加河的北岸，是全国政治、经济和文化中心，人口约1200多万。碧波荡漾的布里甘加河穿城而过。达卡气候温暖，湿润多雨，犹如中国的昆明，一年四季如春。该市于1608年由莫卧儿帝国孟加拉总督苏贝达·伊斯兰汗所建，1765年沦入英国之手。1905年至1912年为东孟加拉和阿萨姆省首府。1947年成为东巴基斯坦首府。1971年孟加拉国独立后成为其首都。市内有众多名胜古迹，其中始建于1644年的巴拉卡特拉宫最为著名。该宫由莫卧儿帝国沙杰汗大帝之子沙舒杰所建，现已荒废，只剩下一片残垣断壁。苏拉瓦底·乌德延公园是1971年3月宣布孟加拉国正式独立的原址，是人们追寻历史的地方。游人一到此地，很容易想到当年宣告独立的宏大场景。达卡被称为“清真寺之城”，市内有800多座清真寺，主要有星清真寺、巴伊特乌尔·穆卡拉姆清真寺、萨甘布清真寺、七顶清真寺等。其中奠基于1960年的巴伊特乌尔·穆卡拉姆清真寺规模最大，可供数万人同时礼拜。建于市内的中央夏希德塔、贾

作者在孟加拉达卡议会大厦广场

作者与夫人在恒河边上

提亚·沙希德·斯姆里梯·沙乌达纪念碑和巴哈杜尔·沙阿公园中的纪念碑，都是为纪念反英斗争和民族独立运动中牺牲的烈士而建的。市区的著名公园有巴尔达公园，园内种植有全国的名花异草，园中生长的“世纪花”据说16年才开一次花，非常名贵神奇。达卡大学是南亚著名的大学之一，建于1921年。1956年，周恩来总理和宋庆龄副委员长曾到访过达卡大学，当时，宋庆龄副委员长接受了该校的名誉法学博士学位。达卡博物馆保存了大量的印度教、佛教和伊斯兰教的雕刻、绘画等艺术品，古兰经的碑铭，以及阿拉伯文和波斯文书法作品、古币、金佛像和世界闻名的“穆斯林纺织品”。在达卡市的郊外，有莫卧儿帝国为抗击葡萄牙殖民者入侵所建的碉堡，旧址仍保存完好。

达卡市占地面积300多平方公里，市容别具风采，伊斯兰教建筑同现代化高楼融为一体。布里甘加河两岸虽有不少棚户区，但富人区的别墅建筑风格各异，可与欧洲国家的住宅区相媲美。无论是繁华的闹市区，还是偏僻的小巷，到处都能见到人力三轮车拉人载客。长驻达卡的各国外交官，除了正式活动外，到市区采购和观光，或应邀参加朋友的聚会，大都选择乘坐三轮车出行。由于公共汽车拥挤且经常发生事故，达卡市民更愿意搭乘价格便宜、行进自由的人力三轮车上下班或探亲访友。

交通拥挤也是达卡市的一个显著特点，出去办事不提前预留足够时间，肯定会迟到。达卡市的交警随身携带三件工具：口哨、竹竿和锥子。看到不听指挥、随意行驶的三轮车，警察先吹口哨示意，再用竹竿敲打，最后不得已用锥子扎车胎放气。市区交通堵塞是常有的事，用眼花缭乱形容繁华地段的交通实不过分。使馆的同事常说，能在达卡驾驶汽车，就能很容易在世界各地行车。真是这样，有了在达卡驾车的经历，回到国内驾车算得上是一种享受，至少在国内有交通规则可言。

作者与夫人在吉大港电厂建设工地

5　使馆经商参处的工作

中国驻孟加拉使馆位于达卡市郊的使馆区，距齐亚国际机场不到30分钟的车程，由山东省济南市第四建筑公司承建，与其相邻的有伊拉克、韩国、英国、美国使馆。进入使馆大门，迎面是一幢白墙绿瓦的四层办公楼，后面有两幢宿舍楼，办公楼与宿舍楼之间是游泳池和篮球场。经商参处与使馆之间有一排铁栅栏相隔，是一幢白色的二层小楼，用于办公及住宿。院子不大，四周栽满了芭蕉树，常年绿树成荫，几棵丁香树夜间发出沁人心脾的香气。驻孟加拉使馆经商参处属甲级处，为外经贸部派出单位，财务独立，经济活动有其灵活性。经商参处的主要职能是：代表中华人民共和国外经贸部（现改为商务部）指导、管理及服务对孟经济技术合作、经援、进出口贸易及中资企业，调研当地相关经贸政策、法律、法规及投资环境，为中孟经贸合作提出意见和建议。20世纪90年代中期，驻孟经商机构分设为经济参赞处和商务参赞处。自1994年下半年后，两处合并为驻孟

作者与夫人参观孟中友谊桥

作者在驻孟使馆经商参处

经商参处。当时处内有苏君禄参赞夫妇，陈文旭参赞，周占法一秘夫妇，李旭一秘夫妇，巩二秘，白明二秘夫妇，林维强三秘夫妇，柴三秘，叶良三秘夫妇。除了我是地方选调的，其余同志全是北京去的。苏君禄参赞来自中国土畜产总公司，陈文旭参赞和周占法一秘及林维强三秘来自中国成套设备进出口总公司，巩二秘和叶良三秘来自外经贸部机关，白明二秘来自外经贸部经研院。根据工作需要，处内工作分工是：苏君禄参赞主持全面工作，侧重分管进出口贸易和调研，陈文旭参赞分管经援、承包工程及中资企业，周占法一秘负责承包工程，我负责中资企业和业务综合，巩二秘负责财务，林维强三秘负责经援，后由叶良三秘接替，白明二秘负责调研，柴三秘负责机电进出口贸易。每个季度、半年及年终，各位秘书将其分管的业务写出报告，由我综合形成最终报告，经参赞审阅后，报外经贸部相关业务司局。那时经商参处尚未配置电脑，文字工作主要是手写，每当给国内提交各种内容的报告时，加班加点，反复易稿，眼花臂酸是家常便饭，夜间12点离开办公室更是经常的事。那段时间的确很辛苦，工作很劳累，但很锻炼人，对我综合能力的提高具有极大的帮助，为我日后的工作打下了良好基础，使我受益一辈子。

6　在国际黄麻大会做“同传”

国际黄麻组织成立于1984年，总部设在孟加拉国首都达卡，现有成员国24个，其中生产国5个（孟加拉、中国、印度、尼泊尔、泰国），消费国19个（欧盟、比利时、丹麦、法国、德国、希腊、爱尔兰、意大利、卢森堡、荷兰、西班牙、英国、埃及、芬兰、印度尼西亚、日本、挪威、瑞典、瑞士），其主要目标是提高黄麻和黄麻制品的竞争能力，维持和扩大现有市场并开拓新的市场，开发黄麻的新用途，促进黄麻和黄麻制品国际贸易的扩大和多样化，研究世界黄麻经济发展趋势等。

国际黄麻组织通常每年4月在其总部召开理事会，会期3天，地点设在孟加拉首都达卡市的五星级酒店索那岗。驻孟使馆经商参处的任务是为我国参会代表提供中英文的同声传译。自1994年至1996年，我连续3年分别与三秘林维强和叶良同志承担此项任务。

同声传译又称“同声翻译”，其特点在于效率高，原文与译文的平均间隔时间是3~4秒，因此可以保证讲话者连贯发言，而不会影响或中断讲话者的思路，有利于听众对发言全文的通篇理解。同时，同声传译具有很强的专业性，通常用于国际会议，对译员素质要求非常高，要有能力应对任何源语言的表述。在会议进行期间，同声译员坐在隔音的狭小房间内，利用专业的设备，将其从耳机中听到的内容同步口译为目标语言，并通过话筒输出。需要同声传译服务的与会者，可通过接收装置，调整到自己需要的语言频道，从耳机中获得翻译的信息。由于同声传译是一项精神高度紧张、注意力极度集中的脑力活动，译员每隔半小时需要休息放松，缓解一下紧张状态。一天工作完毕，译员会感到全身疲惫，头昏脑涨。

作者在达卡国际黄麻大会上做同声传译

我记得有一次我国参会的代表是一位湖北人，他讲话速度快且口齿不太清晰，听他讲汉语就很费力，可想而知，给他做同声传译就更辛苦了。我不仅要全神贯注，而且要仔细辨别他讲的每一句话，不能有一丝一毫的松懈。他 20 分钟的发言对我来说是一次高强度的脑力劳动。会后见到这位老兄，我开玩笑说："您的一席发言，使我终生难忘。"

7　我所接触的中资企业

在孟加拉使馆经商参处工作的3年多时间里，因我分工主管中资企业，平时对中资企业的调研活动开展得较频繁，对在孟加拉的中孟合资企业自然就接触得多，相关情况也掌握得细，又加上每年要给国内写报告，所以积累了很多第一手素材。

自1983年起，在中孟两国政府的支持和帮助下，根据“积极、慎重、稳妥”的方针，中资企业在孟加拉取得了长足发展。从单一的工业领域逐步扩大到饮食、医疗、服装、贸易等方面的合作，企业的数量、规模、档次、品种不断提高，在一定程度上带动了我国原材料及机械设备的出口，

作者（左）参观中资企业

作者（中）夫妇与达卡福建蚊香厂中方总经理商谈工作

缓解了我国针织服装出口欧美市场受配额限制的压力，培养了一批境外企业管理人才，有力配合并促进了我国市场多元化大经贸战略的实施，为进一步发展境外合资、合作企业获得了宝贵的经验。

截至我离任回国的1996年6月，已有14家中孟合资企业在孟加拉建成并开业，总投资近900万美元。合作领域涵盖蚊香、木铅笔、金属紧固件、针织内衣、羊绒衫、电视机组装、制帽、医疗用品、油墨、球轴承，以及医院、中餐馆及贸易、航空、工程代理等。从投产、开业的企业情况看，少数企业经营良好，产品销路顺畅，原材料供应及时，投资回收期短，合资双方合作顺利，有明显的经济效益；多数企业经营状况一般，资金回收期长，产品销路不畅，效益不明显；还有少数企业因合作方信誉差，无经济实力，缺乏诚意，不履行合同规定的责任与义务，项目选择不当，企业管理不善，连年亏损，使中方蒙受了不同程度的经济损失。

我记得经营较好的企业是福建雄鸡蚊香厂，中方单位来自福建省土畜产进出口公司，孟方合作者为三兄弟成立的哈菲兹公司，产品为蚊香，内销孟加拉市场。自1984年投产以来，由于项目选择得当，产品符合孟加拉国情，市场有保证，合作双方关系良好，效益一直很稳定，企业发展前景乐观。还有江苏南港帽业有限公司，是由江苏省南通帽厂、香港永恒实业集团与孟加拉阿赤赤姆公司合资建立的，产品为工艺帽和运动帽，全部销往美国。自1992年10月投产以来，订单充足，产品质量好，合作方关系良好，经济效益一直很好，企业发展健康顺利。

经营一度困难的合资企业主要有：（一）兰兹利德油墨公司，合作方为辽宁省建设投资公司、沈阳油墨厂和孟加拉兰兹利德公司，产品为印刷油墨。自1994年1月投产以来，因合作方之间对原材料供应及产品销售、内部管理等方面存在分歧，生产一直不正常，产品又受到走私油墨的冲击，效益不佳，生存困难。中方员工的工资不能按时支付，生活陷入窘境，不得不到使馆经商参处借钱度日，最后企业倒闭，中方人员撤回。（二）兴

作者（前排左二）在孟加拉吉大港武汉纺织厂

作者（左二）陪张序江大使（右一）参观中资企业

达合营实业有限公司，合作双方为湖北省土畜产进出口公司与孟加拉爱迪维斯有限公司，主要经营鹿头牌蚊香的生产和销售。自1992年10月投产以来，由于孟方合作人无经济实力，商业信誉不好，缺乏合作诚意，致使企业投产不到一年就关闭，造成产品积压，企业严重亏损，设备长期闲置，中方投资无法收回，人员工资不能兑现，中方损失严重，派出的管理人员只能靠从国内进口雨伞，在孟加拉零售为生。（三）中华园餐馆，合作双方为山东国泰集团公司与孟加拉法鲁克私人公司，主营中餐系列。该餐馆1993年12月开始营业，1994年12月停业。开业初期，饭菜质量好，品种多，上客率高，经济效益尚可。后因合作双方出现问题，孟方失去合作诚意，不断制造麻烦，使餐馆的正常经营受到严重干扰。中方会计被抓，经中国使馆出面交涉才被放出，但合作方之间的问题久拖未决，最终在孟加拉前陆军参谋长的调停下才得以解决。

作者考察孟加拉吉大港石化工地

为吸取教训，针对上述问题，使馆经商参处向国内写了专题报告，明确提出，在孟加拉发展合资、合作企业，应遵循“积极、慎重、稳妥”的方针，对新上项目要切实做好可行性论证和市场调研，务必选择商业信誉好、经济实力强、有合作诚意的合作伙伴。国内各主管部门对与外方合资、合作的项目要认真审查，严格把关，确保对孟投资健康、安全，有效益。

8　中孟医院

中孟医院是我到任后接触的第一个中孟合资企业。中方单位为河南电力医院，共派出五名医生，两男三女。医院位于达卡齐亚国际机场附近。开业前，我受陈文旭参赞委托专门召集中方五名医生开了一次会，强调救死扶伤，安全行医，发挥中国传统医学优势，为当地居民提供优良的医疗服务。开业初期，医院运行还算规范，慕名去看病的人员较多。因语言交流方便，我使馆人员及中资机构的员工也去医院看病拿药。但后来，医院受利益驱动，从国内带去的中西医药品价格成倍增长，漫天要价，再加上医院负责人不注重技术进步，不以质取胜，片面追求暴利。本来医疗水平就不过硬，却到处吹嘘，结果出现了几次医疗官司，被病员告到当地法院并向我驻孟大使馆投诉。

其中一例官司发生在当地一名退伍少校军官身上。他因骑摩托车摔伤，造成膝盖粉碎性骨折，到中孟医院治疗时，医院负责人承诺不出一个月，伤者即可痊愈。结果三个月过去了，伤者不仅没有痊愈，反倒成了跛子。到医院拍X片检查，结果发现手术时腿骨上下没有对接好，造成腿骨比正常腿骨短了一截，两腿站立时一高一低，不平衡。伤者不得不进行二次手术，给病人及其家庭增加了很大的痛苦和经济负担。最后我使馆出面调停，让医院给伤者一定的补偿，才算平息了这场医疗事故，但给伤者造成的损伤及对外产生的不良影响却是无法弥补的。事后，使馆经商参处陈文旭参赞和我一起对医院负责人进行了严厉的批评，并责成其写出事故报告报使馆经商参处。

此事过后不久，又发生了一件让人啼笑皆非的事情。经商参处的周占法一秘在夏季的一个晚上突然咳血不止，处内的同志都很着急，陈参赞、我和夫人赵华一起驱车陪同周一秘夫妇到中孟医院做检查。这位医院的负责人未经任何医疗检查，就断然宣称周一秘肺部有肿瘤，而且所剩时间不多了，至多三个月，请家属抓紧准备后事。我们听了都很紧张，对老周的身体状况非常担忧，当即决定让老周夫妇回国治疗。所幸的是，周一秘夫妇回到北京经医院检查发现，只是食道毛细血管出血，肺部未见异常。周一秘经过短期治疗后即痊愈并重返驻孟使馆经商处工作，实为虚惊一场。

诸多类似事件的发生，使得中孟医院在使馆及中资机构中渐渐失去信誉，到医院看病的人越来越少，最后五名医生走了三位。针灸大夫张医生离开医院另起锅灶，自己创办了一家小型诊所，以中医针灸为主，中西医结合，注重优质服务，收费合理，逐渐在达卡建立了信誉，越来越多的当地人前去寻医治病。孟政府总理、驻孟外国使节及许多当地富商也慕名而来，张大夫因此成了达卡的名医。

1994 年 5 月的一个周末，我到打靶场练习射击，闷热的天气使我汗流浃背，汗水未经干透就去餐馆就餐，结果被空调一吹，面部神经麻痹。多亏张医生妙手回春，针灸加中药，精心治疗，才得以康复。张医生也因此成了我终生难忘的好朋友。

9　孟加拉的第一个煤矿

2008年12月18日，时隔我从驻孟使馆离任12年，由中国机械进出口公司总承包，中煤五公司承建，国际著名英国IMCL采矿咨询公司担任监理，全部采用中国煤炭成套技术和建井工艺的孟加拉第一座煤矿——巴拉普库利亚煤矿竣工，并正式移交给孟加拉政府石油、天然气与矿产总公司。至此，孟加拉终于实现了拥有煤矿的梦想，彻底结束了长期依赖天然气的时代。勘探数据显示，巴拉普库利亚煤矿可开采量6800万吨，开采期限60年。

作者（右一）参观吉大港电厂

巴拉普库利亚煤矿（巴库煤矿）位于孟加拉国西北第纳吉普尔县，是孟加拉历史上第一座煤矿，也是迄今为止唯一的煤矿（地质储量为4亿吨的卡拉斯比煤矿至今尚未开发），预计年产能力为100万吨。1994年由中国江苏煤炭局负责勘探，2003年初孟加拉政府对煤矿的运营开采权进行国际招标，山东鲁地矿业公司与山东新汶矿业集团组成联合体与其他两家中国公司一起参加竞标。该项目为煤矿运营总承包，按15美元/吨×300万吨（年）=4500万美元/年，合同期限为10年，之后逐步将煤矿运营权移交给孟加拉人负责。该项目能否顺利中标，对于当时处于经济低谷期的山东省地矿局乃至整个山东省的“走出去”工作意义重大。时任局党委书记、局长刘战同志对此高度重视，指示山东鲁地矿业公司时任总经理宋世明想方设法，组织力量，全力以赴争取中标。省政府分管省长也多次表示，支持山东省地矿局积极承揽该项目。经山东鲁地矿业公司合作伙伴——孟加拉侯赛夫集团董事局主席侯赛因先生的全力配合及卓有成效的工作，最终，山东鲁地矿业公司与山东新汶矿业集团的联合体获得第一标。消息传来，正值干事创业、努力攀登事业新高地的山东省地矿局干部职工备受鼓舞，人心大振。2004年1月26日，我当时因腿部静脉曲张手术在家疗养，特意赋诗一首对项目中标表示祝贺：

羊年虽去意犹在，
猴年硕果羊年栽，
回首昨日辛苦累，
带伤运筹事国外，
几经努力定乾坤，
巴库煤矿需我开。

为做好山东省地矿局有史以来第一个国外矿业承包工程，实现建设幸福美满家园的地矿梦，时任局党委书记、局长刘战与省政府副秘书长张传亭带领分管副局长伊丕厚、拟任巴库煤矿承包运营项目总经理孟庆宝、鲁地矿业公司总经理宋世明、省地矿局信息处处长李旭及相关人员专程赴孟

作者（右）在孟加拉侯赛夫集团主席侯赛因家中

加拉拜会中国驻孟大使馆和孟政府主管部门，并参加了由时任中国驻孟大使柴玺，孟政府能源部长，孟政府石油、天然气与矿产总公司总裁见证的项目合同签约仪式。刘战局长对在场的孟国媒体表示，山东省地矿局将动员一切力量，全力以赴，以一流水平做好该项目的运营工作，不负中国大使馆和孟政府的厚望。

遗憾的是，后因鲁地矿业公司无力按时提交履约保函，局领导层意见不一，新汶矿业集团中途退出，鲁地矿业公司又找不到新的煤矿运营队伍，孟方业主在多次催促，甚至通过我驻孟使馆致函山东省人民政府未果的情况下，不得不将项目授予获本标第二名的中国机械进出口公司与徐州矿务局联合体。项目签约之际，正值时任国务院总理温家宝对孟加拉进行国事访问，温总理与时任外交部部长李肇星见证了巴库煤矿开采运营的签约仪式。当我把这一消息告诉刘战局长时，他沉默无言，无可奈何。

时隔多年，每当想起此事，我都感慨万千：一是对不住我的北外校友——时任中国驻孟大使柴玺的鼎力支持，有负其望。二是对侯赛夫集团主席侯赛因先生的辛勤努力深感歉意，有失朋友的信任。三是做人做事应坚守言必信、行必果之美德，对外交往更是如此。正如美国著名学者弗兰克林所说："信用就是金钱。就个人来说，诚信是高尚的人格力量；就企业而言，诚信是宝贵的无形资产；就国家而言，诚信是良好的国家形象。"四是解放思想不能只对下不对上，各级领导应从自身做起，率先垂范。干事创业既要周密细致，科学决策，又不能谨小慎微，瞻前顾后，否则，机遇稍纵即逝，后悔莫及。

后来，听我的老朋友侯赛因先生讲，孟加拉政府对巴库煤矿项目的建设和移交给予了高度评价，孟国总理在考察巴库煤矿时曾表示："没有中国的帮助，这座煤矿是不可能建成的。""巴库煤矿的成功不仅是中国建设者的成功，也标志着中孟两国合作的成功。"巴库煤矿的顺利建成并投入生产，创造了众多的就业机会，有力推动了孟加拉国的经济发展，特别对改变孟国西北部长期贫穷落后的面貌起到了非常关键的作用。

10　友谊超越国界

孟加拉国自1971年独立以来，无论是人民联盟执政，还是民族主义党执政，都与中国保持着良好关系，上至总理、各部部长，下至平民百姓，都珍惜与中国发展互利互惠的合作关系。孟加拉国政府与人民始终是中国的朋友。我在驻孟加拉使馆工作期间，亲身感受到了这种兄弟般的友好关系，也目睹了许多对华友好的场景。

1993年上半年，时任中共中央政治局委员、国务院副总理钱其琛夫妇访问孟加拉。孟方高度重视，除了双方正式会谈外，孟方组织了一系列欢

作者（左四）与孟加拉工程部部长全家合影

迎活动。期间，孟政府交通部长陪同钱副总理夫妇参观孟中友谊大桥，到独立纪念碑公园种植友谊树，出席孟工商联合会的午餐会等。我记得钱副总理参观孟中友谊大桥那天，大桥两侧戒严，交通暂停，大桥中央打出了“热烈欢迎钱其琛副总理夫妇”的标语，路两边彩旗飘扬，人头攒动，就像迎接亲人一样，场面热烈、感人。

另一件事我记得也特别清楚。为在日内瓦联合国人权会议上挫败以美国为首所提出的反华提案，让广大发展中国家全面了解中国的实际人权状况，消除误解，主持正义，支持中国，1994年2月，中国的传统节日春节刚过，时任中国驻孟加拉国大使张序江就带领三秘李培建去拜会孟外交部部长，希望孟政府支持中国。在张大使卓有成效的努力下，孟加拉政府决定继续支持中国，当天即通知其驻日内瓦的代表团，对美国提出的涉华人权提案投了反对票，在关键时刻与中国人民站在一边，伸张了正义，情谊难能可贵。

作者（左一）在驻孟加拉大使官邸与孟陆军参谋长陆陆丁中将（左三）合影

还有一件事现在回忆起来仍感到亲切和感动。山东省建委当年在孟加拉首都达卡设立了一家中餐馆，名为中华园。营业伊始，餐馆车水马龙，顾客络绎不绝，中华园的声誉与日俱增，中国使馆的外交官也经常在此招待其他国家驻达卡的外交人员，餐馆的菜肴赢得客人们的由衷赞赏。但后来，由于孟方合伙人的诚意出现问题，与中方投资者在利润分配及经营方式上产生了分歧，矛盾愈演愈烈，孟方合伙人暗中指使当地无赖到餐馆无理取闹，并诬告中方账目作假，将中方会计送入监狱达三天之久，致使餐馆无法正常营业，最后关门停业。此后，中孟合作双方陷入官司，久拖不决。期间，孟方合伙人勾结当地黑社会，对中方人员进行人身安全威胁。接到报告后，中国使馆迅速介入，通过各种途径了解情况，查明真相，并请孟加拉原陆军参谋长陆陆丁将军出面干预，以其影响力震慑孟方合伙人。最后，在陆陆丁将军的调停下，对方不敢再惹是生非，横加捣乱，不得不

作者（左一）与凤凰自行车代理在一起

接受中方提出的和解方案，此事件才得到了平息。之后，我们在向陆陆丁将军致谢时，他动情地说："中国是孟加拉的好朋友，孟中两国长期友好，就像亲戚一样，我不能看到中国朋友在孟加拉受到任何委屈，在他们遇到困难的时候，我要尽我的能力帮助他们。"陆陆丁将军的一席话我至今仍记忆犹新。

1996年6月，在我工作期满离任时，我乘坐的是半夜12点飞往新加坡的航班，时间虽晚，但许多孟加拉朋友专程来中国使馆经商参处给我送行。经商参处的孟方雇员也向我表达了恋恋不舍之情，希望我有机会再重返孟加拉。

在孟加拉三年多的时间里，我有幸结识了许多像陆陆丁将军这样的真正朋友，包括前任政府的工程部长、凤凰自行车孟方代理两兄弟、商人沙瑞夫先生、侯赛夫集团董事长侯赛因先生等。直到现在，我还与他们保持着联系。几乎每次侯赛因先生来中国，无论在北京，还是在济南，我们总设法见面，聊聊孟加拉和中国的当今情况及所发生的变化，倍感亲切。

11　在锡尔赫特采茶

孟加拉国位于南亚，大部分地区为平原，少部分为丘陵地带，海拔300~600 米，靠近孟加拉湾的地区还低于海平面，土地肥沃，雨量充沛，气候适宜农作物生长。

孟加拉国是世界红茶主产国之一，茶叶芳香醇美，闻名于世。孟加拉的茶叶生产区位于与印度毗邻的东北部锡尔赫特地区和吉大港地区西部的丘陵地带。

19 世纪末，茶叶由印度的阿萨姆和卡恰尔邦传入孟加拉。1971 年孟加拉国独立后，茶叶种植和生产得到国家的大力支持，发展迅速。90 年代后，

作者与夫人在孟加拉茶园

作者（右四）夫妇在孟加拉朋友的茶园

茶园面积增至4.8万公顷，茶园达150多家。到2001年，茶叶产量已增至215.75万吨，主要销往巴基斯坦、英国、俄罗斯及中东各国。全国约有10万人从事茶叶生产和贸易，每年出口茶叶约3200万公斤，创汇5000多万美元。

孟加拉的茶叶收获季节为每年的4月至12月，其中5月至6月采摘的茶叶品质最高。1993年6月，应孟加拉朋友的邀请，我与夫人赵华、三秘林维强夫妇、二秘白明夫妇一行六人驱车4个多小时，到锡尔赫特斯利蒙戈的朋友茶园采茶。

我们去的前一天刚下了一场大雨，绿油油的茶园看上去清新苍翠。放眼望去，茶园借山而种，一片接一片，高低不平，错落有致，淡淡的雾气笼罩上空，如同置身于原始森林之中。

我们一行下榻在园内的主人别墅，一幢白色的两层英式建筑，典雅、古朴、厚重。据说是一位印度人早在20世纪40年代建设的，后来我的这位孟加拉朋友连同茶园一起买下。室内曾几经修复，但别墅的外形始终没有改变，住在其中，仿佛走进了那遥远的历史，让人回味无穷。当晚，主人招待我们吃了一顿地道的英餐，有咖喱蒸恒河鱼、油焖孟加拉大虾，以及茶园自种的蔬菜，全是天然野生食品，营养丰富，味道鲜美，大家无不称赞。那晚，房内烛光映照，壁炉生辉，我们一行沉浸在兴奋的遐想之中。

第二天一早，太阳还未升起，我们早早起床，简单用过早餐，便迫不及待地换上行装，手拿篮子，走进茶园深处采茶。朋友简单介绍了一些采茶常识，又提醒我们要注意几点事项，我们六人分成三组，每对夫妇一组，在朋友的引领下开始采茶。

茶叶采摘非常讲究，通常由女性和儿童从事，严格要求一芽二叶，确保茶叶品质。孟加拉茶叶的主要品种是红碎茶，也有少量的大叶绿茶。90%的茶园都是有性系茶园，只有10%左右的茶园种植无性系品种。6月正是收获的季节，我们看到茶园内正在采茶的姑娘头戴斗笠，后背布兜，穿

作者在孟加拉茶园

着五颜六色的民族纱丽，宛如彩蝶起舞，飘然于茶树绿园之中。采茶完毕，主人带我们参观了园内的加工厂。整个茶叶加工过程全部自动化，只有很少的工人在现场工作。这个加工厂每年加工成品茶叶20多万公斤，大部分产品出口海外。

午饭过后，我们怀着恋恋不舍、余兴未尽的心情离开了朋友的茶园。此次茶园之行，给我留下了终生难忘的印象。期待再有机会重返茶园，尽情呼吸那久违的新鲜空气，深吻那苍翠的茶树绿叶……

12　孟加拉湾遇险

1993年10月，时任中国驻孟加拉使馆经商参处参赞孙仲乾夫妇，巩二秘、我和夫人及中国机械设备进出口公司驻孟代表处首席代表曹阳同志一行六人，赴孟加拉第二大城市吉大港考察中机公司总承包的吉大港电站交钥匙工程。该项目从设计、采购、设备出口、施工到商业运行全由中机公司组成的联合体负责，主机是由四川东风电器公司制造并安装。项目分为两期，建成后对孟加拉电力紧张将起到一定的缓解作用，所以中孟双方都很重视。经商参处经常请项目负责人到使馆汇报项目进展情况并不时派员到工地现场检查指导工作，帮助项目组解决施工中遇到的相关问题。

夫人赵华在孟加拉湾海滩

作者夫妇在孟加拉湾海滩

我们一行在吉大港市住了一晚，第二天在考察了电站项目并与项目组领导座谈后，乘车继续南下，赴孟加拉最南部的旅游城市考克斯巴扎考察。

这是一座濒临孟加拉湾的小城，城的东南部是世界上最大、长度为120公里的狭长沙滩。沙滩的东部是丘陵，翻过丘陵就是缅甸，西部便是浩瀚的孟加拉湾。考克斯巴扎是孟加拉最有名的海滨旅游胜地，沙滩保持了原生态风貌，在这里看不见过度的人工开发，有一种自然的平静。除了风声和海水的喧嚣，几乎听不到任何其他的声音。站在松软的沙滩往南远眺，黑油油的海水一望无边。随着潮起潮落，许多形状各异的贝壳和海洋生物被海水冲到岸边，有重达几公斤的野生海蜇，有形似老鼠的野生海参，还有数以千计的红壳螃蟹，在日光的照射下，红光闪闪，一片连一片。人走过去，它们就迅速爬进地下洞穴，等人一走，它们又返回地面，继续在沙滩上来回穿梭，忙忙碌碌。这番景象只有在孟加拉湾才能见到，如在国内，这些红壳螃蟹可能早成了一道美味名吃，被游客捕尽吃光。

孟加拉的10月正值雨季，我们一行到达考克斯巴扎时便是细雨蒙蒙。偶尔的晴天也持续不长，很快又阴云密布，雨水连连。当天下午，我们一行六人乘两辆日产丰田越野吉普车到海边看景。巩二秘和曹阳分别驾驶两辆车来回在松软的沙滩上飞车，车过水花溅起，形成一堵水墙，别有一番心旷神怡的感觉，好不过瘾！俗话说，乐极生悲。当我们乐不思蜀时，巩二秘驾驶的吉普车突然陷入泥沙，加了几次油门，吉普车反倒越陷越深，前后车轮已有过半陷入泥沙中，海水已开始从车门下面渗入。这时，雨越下越大，夜色渐渐降临，大海开始咆哮，涨潮的时间很快就要到了，如不及时将车拖出，车子会被大海吞噬，而且第二天一早当地报纸肯定登出中国使馆车辆遇险的报道，对外会造成不必要的负面影响。此时只有尽快到城里找重型拖车救援，在天黑涨潮之前将车子拖出沙滩方为上策。巩二秘和曹阳同志留下看守，我与夫人赵华和孙仲乾参赞夫妇，快速越过附近的一个军用机场的铁丝网，赤脚跨越野草丛生的停机坪，在机场外边好不容易叫到了两辆人力三轮车。我把参赞夫妇和夫人赵华送到宾馆休息，然后又找了一辆三轮车急奔市里寻找救援车辆。由于考克斯巴扎城市小，除了酒店和餐厅，没有任何工业，我跑了几个地方都无功而返。最后，我想到了市内的消防队，用消防车救援可能是当时最好的办法。于是，我找到了消防队驻地，向值班军官简单说明情况后，仅有的三辆消防车全部出动，开赴海边出事地点实施救援。

此时，已有100多名当地百姓赶到现场，用绳子提拉已经陷入泥沙近半的吉普车，但终因力量不足没有成功。最后还是消防车给力，用钢丝绳钩住吉普车，加油快速启动，一次拉动成功，陷入沙滩的吉普车腾空而起，迅速脱离了泥潭。在人群的欢呼声中，吉普车被安全拖至坚固地段。在场的人员终于如释重负，喜悦的口哨声响彻乌云弥漫的孟加拉湾上空。我们刚离开沙滩，黑油油的海水咆哮着冲到岸边，发出一阵高过一阵的怒吼。

大海已经涨潮了，曾经陷车的地方已被海水吞没，海水卷着浪花，与天空中的雨水化为一体，白茫茫地伸延到天边。

此时的我与巩二秘、曹阳已经饥肠辘辘，衣衫湿透，完全成了“水人”。回到宾馆时，参赞夫妇和夫人赵华已让宾馆准备了热腾腾的红糖姜汤。一杯姜汤下肚，暖意顿生，寒气慢慢退去，那晚我睡得特别踏实香甜。

13　领导人看望

我国领导人到国外访问几乎有一个不成文的惯例，那就是在极度繁忙的访问日程中抽出时间，专程到我驻在国使馆看望和慰问工作在外事一线的使馆全体工作人员和中资机构的代表，介绍党和国家的大政方针和国内经济社会发展形势、国际动态及与驻在国的双边政治、外交、经贸合作需把握的要点与关注事项。对久驻国外、远离祖国的外交官及中资企业人员来说，有机会在异国接待党和国家领导人，聆听他们的教诲，以及对国内情况的通报和国际形势的分析、判断，既荣幸又激动。

凡有驻外经历的人都知道，由于驻外使馆工作的特殊性，外交人员的活动空间有一定的局限性，除了因工作需要拜访驻在国相关政府部门，应邀参加相关外事活动及考察我国政府援助或中国公司承建的工程项目和中资企业外，大部分时间都在使馆内度过，办公、生活、休闲、娱乐，日复一日，年复一年。近年来，随着国力的增强，我国大部分驻外使领馆的工作和生活条件均得到不同程度的改善。新建了馆舍，安装了卫星电视接收装置及无线通讯设备，可同步收看或收听中央及部分地方电视台的节目，及时了解国内各方面的新闻及时事报道，缓解了对家乡的思念之情。但部分驻非洲使馆，各方面条件还很艰苦，鸿雁传递仍靠信使，每年的春晚节目仍靠邮寄光盘，与国内联系极不方便。最典型的是中国驻安哥拉使馆。

2011 年 3 月，我与山东省第七地质矿产勘查院韩志森院长和周登诗副院长赴安哥拉考察金刚石项目时，应我国时任大使张伯伦夫妇邀请，到使馆汇报工作。使馆坐落在罗安达市郊一处偏僻的高地，狭长拥挤，国徽悬挂在瓦楞铁皮的屋檐下，显得很不协调。那天大雨滂沱，使馆院内路面泥泞，多处积水。看着十分简陋的馆舍和仅有 10 平方米左右的大使办公室，我们三人心酸不已，异口同声感叹道：馆舍如此寒酸，与我国的地位太不相称。无论如何也应建设一个新馆，在安哥拉树立中国的新形象。据说，新馆的用地已购，建设方案正在审批中。

我在驻孟加拉使馆工作期间，有幸见到了时任中共中央政治局候补委员、中央书记处书记温家宝同志，中共中央政治局委员、国务院副总理钱其琛夫妇，全国政协副主席钱正英及中央军委委员、总参谋长傅全友上将等党和国家及军队领导同志，聆听了他们关于国际形势的分析和国内情况的报告并一起合影留念。受使馆委派，夫人赵华与三秘林维强的爱人姚瑶曾专程到达卡国际机场向钱其琛副总理夫妇献花。每当翻开相册，看到与这些领导人的合影，他们那种谦虚、谨慎的亲民作风和对国内、国际形势高屋建瓴的把握，我至今仍印象深刻，难以忘怀。

14　义无反顾的选择

到中国驻外使馆工作，当一名外交官是我多年的向往。特别是北外的毕业生，不到外交一线履职，没有驻外使馆的工作经历，岂不白白苦读外语几年，也给人生留下难以弥补的遗憾。但当机会来临，真要去驻外使馆工作时，又面临不少现实中的困难：当时我儿子刚10岁，读小学三年级，正是基础教育的关键阶段；我的母亲能帮助照顾孩子，生活上没有任何担忧的问题，但对孩子的学习爱莫能助。10岁的儿子正处于贪玩、调皮、坐不住的好动期，让他安静看书，认真完成老师布置的家庭作业的确是件难

作者夫妇参加驻孟使馆国庆招待会

事。当时，按外经贸部驻外人员规定，外交职衔为二等秘书以上，工作期限满 15 年，均可偕夫人一同赴使馆，作为编外安排适当工作，持相同的外交护照。我符合上述规定，可偕夫人一起驻外。考虑到夫人在济南市国土资源局任职，外出机会不多，出国更不易，此次驻外对她是一次难得的机会。我与夫人商量后，征得双方老人的同意，决定我们夫妇二人一同赴孟加拉使馆工作，让双方的老人帮助照看孩子。

记得我们是 1993 年 4 月 30 日晚从济南乘坐 9：45 的火车赴北京，那时还没有高铁，从济南到北京需 8 个小时。临行的那个晚上，天气特别热，有许多亲朋好友到家里送行。我抽空给儿子写了一份注意事项，包括“睡前刷牙，上课认真听讲，按时完成家庭作业，过马路要注意安全，要听奶奶和姥姥的话”等，贴在他卧室的墙上，时刻提醒他。10 岁的儿子已懂事，知道爸爸妈妈要离家远行，哭得很伤心，久久不能入睡。我爱人很纠结，

作者（左三）与驻孟使馆张序江大使等在一起

作者（右）与夫人（左）参观达卡上海钢铁厂

对孩子恋恋不舍，含着眼泪与儿子吻别，上了火车仍然惦记着儿子。其实，我的心情也很不平静，一方面是家里的老人与孩子，一方面是事业的召唤。俗话讲，男人有泪不轻弹，自古忠孝不能两全。人生有许多时候需要取舍，舍小家，顾大家，舍去眼前的儿女情长，才能去成就一番事业。如果瞻前顾后，优柔寡断，机会抓不住，终有后悔时。因此，正确的选择是：要义无反顾地坚持下去！青年时代要敢于尝试，人生在世会面临很多机会，有些事情经过努力成功了，当然是幸运的，有些事情虽经奋斗没有到达胜利的彼岸，你也不觉后悔。因为你尝试了奋斗的过程，而没有碌碌无为，看着机会从你的眼前一一消失。没有去努力、去尝试，才是枉来世一场，正所谓“少壮不努力，老大徒伤悲”。

15　异国迎春赤子情

每逢我国传统节日——春节，我驻外使领馆在年三十都要举行春节招待会、联欢会，把当地的华侨、华人、留学生、各中资机构负责人邀请到使馆一起欢度春节。

临近春节的前几天，使馆专门成立了春节招待会筹备小组，由使馆办公室牵头，人员根据需要从各业务处抽借。编写春联，悬挂宫灯，打扫卫生，准备招待会食品饮料，拟定邀请人员名单，各自按分工开始忙碌起来。1995年春节前夕，使馆机要室的楼建谊二秘找我商量，要我拟写一副对联，以表达全体驻外人员喜迎佳节的心情，同时能准确表达对常年在当地工作

作者夫妇参加驻孟使馆春节招待会

作者（左一）在驻孟使馆国庆招待会上

生活的华侨、华人及各中资机构代表的欢迎之情，让他们有一种回家的感觉。我连夜反复斟酌，逐字推敲，最后写出了“异国他乡迎春，赤子之情更浓”的一副对联，经大使等使馆领导审阅后，贴在了使馆主楼一层的招待大厅门口。那天凡到场参加招待会的同胞看到这副春联，浓浓的思念祖国之情油然而生，都深感亲切。

除夕之夜，大红灯笼、各种形状的宫灯在中国驻孟加拉使馆的大门口及主楼一层走廊两侧高高挂起，灯火辉煌，红红火火，浓浓的节日气氛立刻呈现出来。

晚6点，以大使为首的使馆主要官员及夫人，男士着西装，女士着旗袍，满面春风、喜气洋洋地恭候在使馆大厅入口迎接来客。来使馆参加春节招待会的客人多为同胞，也有当地的政府官员及客商，都是中国使馆的熟人或朋友。有的华侨全家一起来，而且特意穿着中国的传统民族服装，就像回“娘家”一样，兴高采烈。

晚7点，迎新春招待会开始，大使首先致词，向客人们祝福节日，向广大华人、华侨及中资企业代表们表示问候，并将国内的改革开放、经济发展、文化社会进步及人民生活的新进展向来客予以介绍。随后在中国名曲《春江花月夜》的音乐声中，客人们开始品尝各种极具中国民族特色的春节传统食品和酒水，如饺子、春卷、点心、冷热盘等，还有中国的茅台酒、青岛啤酒。餐桌上既准备了筷子，也摆放了刀叉。由于是春节聚餐，不必拘泥于外交礼节，气氛活跃，客人三五成群，相互敬酒，互祝节日快乐，恭喜发财。

招待会持续时间一般为两小时左右，到场的客人最多时能达200多人，使馆提前一周准备的年夜饭，在这两小时内基本都一扫而光。有些客人临走仍余兴未尽，期盼着来年再到使馆欢度春节，品尝祖国的美味佳肴。

16　无悔的外交官经历

周恩来总理当年曾对外交部的干部明确提出，外交人员是不穿军装的解放军，必须“站稳立场，掌握政策，熟悉业务，严守纪律”。外交官是国家主权和国家利益的捍卫者，无论在任何时间、任何地点，都要头脑清醒，立场坚定，经得住任何形式的考验和诱惑。在对外交往中，外交人员的一言一行都代表着国家的形象和民族的素养，因此要不卑不亢，举止得体，仪态端庄，稳重自然，落落大方。尊重驻在国的风俗习惯和宗教信仰，不把意志和主张强加于人，互敬、互谅、互让。国家无论大小、强弱，一律

作者（左）与孟加拉外交部亚洲司司长合影

作者在中国驻孟加拉大使馆

平等。以诚待人，以理服人，广交朋友，为国家的经济发展营造良好的国际环境，是驻外人员的基本素质和使命。

我在驻孟加拉经商参处工作三年，亲身经历和实践了这些外交准则，感悟颇深，不仅增长了知识，也开阔了视野。持外交护照，享受外交豁免权，西装革履出入各种酒会和招待会，有机会见到驻在国的政府首脑和来访的我们国家的领导人，参与双边会谈及相关国际会议，见证两国政府互利合作和人民友好往来的一些重大历史事件，是外交官所拥有的光荣。但另一方面，外交官有其严格的外事纪律，外事无小事，遇事要请示，不能自作主张。外交工作授权有限，因其工作的特殊性，能守住秘密，不该说的不说，不该问的不问，不该去的地方不去，耐得住寂寞，是外交人员的基本功，否则是无法胜任外交工作的。

在孟加拉工作期间，我把握的原则是，工作尽职尽责，注意调查研究，利用一切机会加强经济、外交、时事政治、驻在国国情、双边合作等方面

作者（右一）陪同孟加拉交通部副部长参观孟中友谊桥

的学习，注意吸收老外交官的对外交往经验，以他人之长，补己之短，努力做一名合格的经济外交官。驻外使馆是一处非常锻炼人的地方，无论是综合素质，还是外语和经商专业，都需要过硬的本领。

我记得刚到使馆工作时，接听孟加拉人的电话都有困难，因为印度、巴基斯坦和孟加拉人讲英语都带有卷舌音，而且语速快，刚一接触，很不习惯。三个月后我才慢慢适应，后来还成了馆内英语讲得较好者之一。大使在官邸宴请孟国财政部长，谈经济问题，都由我担任翻译。

还有一件事到现在我仍记忆犹新。那是刚到使馆不久，一天临近晚饭时间，孙仲乾参赞通知我，使馆党委第二天上午要召开专题会议研究孟加拉经济问题，让我抓紧把孟国议长在议会的英文演讲稿译成汉语。当时已是晚上 6 点多，议长的讲稿有 30 多页之长。我沏了一杯浓茶，一边看原稿，一边翻译，译到最后几页，手指酸胀，无法握笔，不得不请我爱人帮着书写。大约晚上 11 点，我完成了演讲稿的全部翻译工作并将译文交给了孙参赞，确保他第二天在使馆会议上使用。事后，每当谈及此事，孙参赞都给予我较高的评价。

在使馆经商参处工作，面对上百家国内来的中资企业，有央企、省企，也有民企，有工程承包、经援项目、合资合作企业，也有进出口贸易。作为一等秘书，必须有较扎实的经济商务理论和实践经验，否则这些中资机构很难管理，他们也对你不服气。好在我去使馆工作前，先后在伊拉克和埃塞俄比亚从事过劳务工程和国际承包工作，在国内主管过招商引资和合资企业，积累了一定的工作经验，也掌握了与此相关的第一手资料，所以对经商参处的业务不陌生，与中资企业接触没有距离感，给他们提出的建议和意见有较强的针对性，很容易被采纳。每次召开中资企业负责人会议，我所做的情况分析都切合实际，对他们有一定的启发性。因此，我的工作得到了大家的认可和支持。

每当回忆起我在驻孟使馆经商参处的工作，我都充满了激情，并感到很充实。三年多的时间等于又上了一次大学，我在祖国驻外使馆留下了自己的足迹，也为中孟经贸合作和两国人民的友谊洒下了汗水，倾注了心血，贡献了一份力量。外交官经历是难忘的，一生虽次数不多，但深感光荣、无悔，足矣。

第四篇　资源报国的苦与乐

从20世纪90年代末，特别是21世纪初，国有地质勘查单位作为为国家找矿的主力军，急国家所急，想国家所想，发挥人才和技术优势，积极利用两种资源和两个市场，开始探索“走出去”发展之路，为国家寻找经济建设所急需的紧缺矿产资源。从亚洲周边到南太平洋，从非洲大陆到遥远的南美洲安第斯山脉，无不留下了地矿人的脚印。既有成功的喜悦，也有遭受挫折的辛酸和泪水。

1　为祖国分忧

矿产资源是指在地球漫长的演化过程中，经过一次或多次地质作用形成的，按照当前的技术水平能够开发和有利用价值的，埋藏于地下或出露于地表的固态、液态和气态的自然资源。由于矿产资源的不可再生性和分布不均衡性，谁拥有资源，谁就能掌握经济发展的脉搏，成为世界经济和军事强国。

中国是一个发展中大国，大宗资源的人均占有水平很低，人均淡水、耕地、森林资源占有量分别为世界人均水平的7.7%、17%和17%；且大宗矿产资源和能源主要分布在生态环境恶劣的西部地区，海拔高，地质条件复杂，埋藏深，含量低，开采和利用成本高。改革开放30多年来，中国的

作者（左二）在伦敦洽谈矿业上市

作者（左四）在新西兰洽谈合作

GDP保持了近两位数的高速增长，对资源和能源的需求越来越大，缺口随之越来越明显，保障能力逐年降低，“瓶颈”的制约愈加严重。特别是进入21世纪以来，随着经济社会的持续快速发展，石油、天然气、铁矿、铜矿、铝土矿、镍矿、金矿等大宗支柱性重要矿产在国内已探明的储量占世界总储量的比例均小于5%，铀矿、铬矿、钾盐矿等严重短缺。

以钾盐为例，中国的钾肥需求每年在900万吨左右，其中52%要靠进口，目前，中国每年进口500万吨。按2012年度的数据，其他矿产的对外依存度分别为：铁矿石69%，精炼铜69%，镍矿70%，氧化铝21%，铝土矿60%，铬铁矿和铂族金属90%以上。到2020年，中国45种主要矿产中能够保障需求的仅有9种，其中，铀、铁、锰、铬、铜、铅锌、铝土、镍、铂、金、钾盐、金刚石等紧缺矿种的供需形势尤为严峻。“走出去”，利用全球资源是必然的选择，也是地质工作者的崇高使命。为祖国分忧，地矿人责无旁贷。

2　重要矿产都在哪里

由于地球结构的不均匀性和资源分布的不平衡性，大多数矿产仅集中在少数国家。目前，在全球共发现的200余种矿产中，15种矿产的3/4以上储量集中在南非、澳大利亚和俄罗斯三个国家，有26种矿产的3/4以上储量集中在南非、澳大利亚、俄罗斯、美国和中国五个国家，欧派克成员国垄断了石油出口，美国、加拿大、澳大利亚、南非垄断了煤炭出口，俄罗斯、伊朗、卡塔尔及几个中东国家基本垄断了天然气出口。

根据世界矿产分布特征及主要矿种的分布规律，全球矿产划分为九大成矿带，主要是:

（1）北美成矿带，包括美国、加拿大。优势矿产主要有钾盐、铀矿、镍、铜、锌、镉、钛精矿、铂族金属、钼。

（2）南美成矿带，包括秘鲁、智利、巴西、阿根廷、哥伦比亚、玻利维亚。优势矿产主要有铜、铅锌、银、铁、钒和石油等。

（3）中亚—蒙古成矿带，包括吉尔吉斯斯坦、乌兹别克斯坦、塔吉克斯坦、哈萨克斯坦等中亚五国，蒙古和俄罗斯远东地区。优势矿产有黄金、铜、锰、铬、煤、石油和天然气。

（4）大洋洲成矿带，包括澳大利亚、新西兰、巴布亚新几内亚。优势矿产主要有铀、铁、铅、锌、钛、镉、铝土矿、金刚石、铋、锆、铪、钴、煤、稀土、金、银、锂、锰、钒、镍、金红石。

（5）阿尔卑斯成矿带，包括法国、意大利、罗马尼亚、克罗地亚等国。优势矿产有金、铁、煤、钾盐。

（6）喜马拉雅成矿带，主要包括中东国家、东南亚国家以及巴基斯坦、印度、孟加拉国。优势矿产有石油、天然气、锡、铁、钾盐、铬、锰。

（7）东非成矿带，包括厄立特里亚、埃塞俄比亚、苏丹、坦桑尼亚、莫桑比克、赞比亚。优势矿产有金、铜、煤、钻石、贵金属、铂族金属、石油和天然气。

（8）西非成矿带，包括纳米比亚、安哥拉、刚果（布）、刚果（金）、喀麦隆、尼日利亚等国。优势矿产有铁、钾盐、铝土、铀、石油、钻石。

（9）乌拉尔—外高加索成矿带，包括俄罗斯西部地区、乌克兰、立陶宛。优势矿产有钾盐、金、石油和天然气。

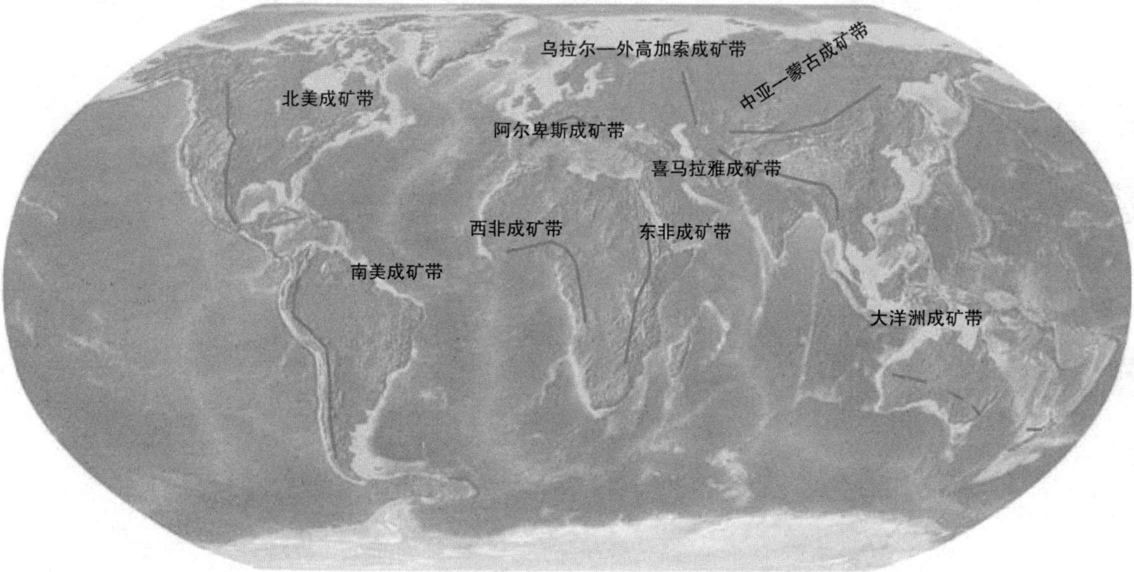

全球九大成矿带分布图

3　横跨非洲大地

非洲大陆是当今世界唯一的一块尚未完全开发的处女地，充满了机遇和挑战，给世人无限的想象空间。对于地矿人来说，非洲有“世界原料库”之称，矿产资源极其丰富。据统计，非洲蕴藏着世界铬铁矿的91%，铂族金属的88%，锰矿石的83%，金刚石的60%，黄金的50%，磷酸盐的49%和钴矿石的41%。世界上已探明的150种地下矿藏在非洲均有发现，尤其是与高科技和经济可持续发展密切相关的50种稀有矿藏，非洲的储量很大，其中17种稀有矿藏的储量占世界第一位。然而，非洲陆地资源只有8%进行了勘探，大部分矿藏仍未得到开发。

为寻求发展机遇，撬开非洲资源宝库的大门，2007年12月1日至17日，时任山东省地矿局局长郑金兰率省商务厅、财政厅及省地矿局一行六

阿尔及利亚独立纪念碑

人踏上了非洲大陆，从北到南，从东到西，行程3万余公里，先后考察了阿尔及利亚、埃塞俄比亚、刚果共和国和南非共和国，为确定第一批合作项目，探索建立境外矿产资源基地，长途跋涉，马不停蹄，开启了山东地矿走向国际矿业市场的重要一步。

（1）美丽的阿尔及尔

阿尔及利亚首都阿尔及尔是一座美丽的海滨城市，位于阿尔及利亚北部，南靠雄伟的泰勒阿特拉斯山脉北麓，坐落在宛如一个半圆形剧场的乌

作者参加阿尔及尔国际矿业大会

艾德·哈腊和乌艾德·马扎法兰两海湾之间，沿地中海阿尔及尔湾西岸延伸16公里。市区全长75公里，街道和房屋大都建在山丘上，以白色为主调，迂回起伏，在大海的衬托下清新圣洁。从海滩的豪华酒店、绿树掩映的别墅、高耸入云的清真寺到普通市民的住宅，墙壁全为白色，犹如一颗颗白珍珠闪耀在地中海的南岸。市区分老城和新城。老城区位于山上，街巷狭窄，石子铺路，纵横交错。房屋多为二至三层的古老房子，用稍加雕琢的石头依山建成，一排接一排，密密麻麻，极具阿尔及利亚民族特色。狭长的街道多半为台阶式，来往的人群熙熙攘攘，接踵而至。两旁的店铺连成一片，各种民族特色的手工艺品琳琅满目。高大的宣礼塔不时传来响亮而富有节奏的呼唤祈祷的声音，使人仿佛徜徉在一个只有在电影里才能看到的神奇世界，充满魅力和诱惑。新城区则沿海边排列并顺山坡向上发展。

街道与海岸平行，处处可见欧式建筑和街头公园。古色古香的阿拉伯民族建筑与欧式建筑浑然一体，相映生辉。市中心以民族英雄埃米尔·阿卜杜勒·卡德尔命名的广场、奥拉西旅馆和具有摩尔人建筑风格的大邮局是非常有代表性的现代建筑，“非洲圣母院”和市区以东的埃勒·杰姆斗兽场则是罗马式建筑。1879年创办的阿尔及尔大学则是北非的著名学府，校园的古代建筑和现代建筑更是一组艺术的结合体，古朴典雅，充满了学术气息。阿尔及尔市的植物园里奇花异草，果树硕硕。修剪整齐的植被排列在幽径两旁，似伞、似球、似扇，形态各异，图案不一。成排的棕榈树在白云的掩映下，显得挺拔、高大、伟岸，像巨人一样在天空中挥舞着臂膀。

据中国驻阿使馆的同志介绍，阿尔及利亚是公元10世纪建立的港口城市，到17世纪时，城市才逐步扩大并日渐繁荣，1830年后成为法属北非殖民地的军事及政治中心。1962年阿尔及利亚独立后在此建都，现为阿国的政治、经济、文化及进出口贸易中心，人口400余万，主要工业有炼油、石化、机械、水泥、纺织、酿酒和制革等。城市皆靠丘陵坡地，平均海拔59米，地中海的温暖湿润气候使其终年绿草茵茵，四季有花，林木茂盛，郁郁葱葱。1月平均气温12℃，8月平均气温25℃，素有“花园城市”之称，加之城内名胜古迹繁多，是非洲的一处著名旅游胜地。

我们到访的12月正是阿尔及尔宜人的季节，海风习习，温润凉爽，十分惬意。12月4日至7日，正值首届阿尔及利亚国际矿产资源大会在阿尔及尔召开。会议的主题是沟通信息，交流经验，共同发展矿业。在山东省地矿工程勘察院驻阿项目组的安排下，我们一行六人有幸出席了大会开幕式，聆听了联合国开发署驻阿代表、阿政府地矿部长及阿中央银行行长的主旨发言。参观了各参会代表团的展台，并与阿矿产部地质司司长哈克特先生进行了友好交流。通过此次会议，我们了解到，大多数非洲国家正处于工业化的初期阶段，百业待兴，因此政府把发展矿业放在了重要位置。但非洲的地质勘查技术落后，人才不足，资金匮乏，除了原殖民时期留下的少量地质资料外，基本上是空白。阿尔及利亚每年通过招标形式拍卖矿

作者（左一）在阿尔及尔植物园

权，欢迎外国公司进入其矿业市场，合作开发其矿产资源。阿国的主要矿种有石油、天然气、铁、铜、金、铅锌、金刚石、铀等，但大部分矿产都在沙漠深处，勘探开发条件艰苦，交通运输条件不便。河南地矿局和内蒙古地矿局在阿国开展了铅锌矿的勘查，但因矿的品位低，不具市场开发的可行性且项目所在地基础设施缺乏，人员、物资进出不便，故搁置。山东省地矿工程勘察院与中建八局在阿国工程勘察市场合作多年，主要负责基础施工，先后承建了阿尔及尔邮政大楼、供排水工程及居民楼的建设，但因资金回收困难，效益不甚理想。

12月3日，也就是我们到达阿国的第三天上午，为鼓励项目组扎根阿国，不断开拓新的合作领域，郑金兰局长提议到项目组看望所有施工人员，拜访中建八局驻阿项目指挥部领导，并与山东省地矿工程勘察院项目组全体成员共进午餐。那天，郑局长系上围裙带头下厨房，亲手做了黄瓜炒鸡蛋和凉拌西红柿。徐军祥总工程师制作了蒜蓉大头菜，我炒了一个醋熘土

作者在驻阿尔及利亚项目组做饭

豆丝，其他同志也各显身手。不到两个小时，十几个菜摆到了餐桌上。我们与项目组成员一边吃，一边聊，从阿国建筑市场谈到阿国的矿业合作前景，从如何拓宽与中建八局的合作领域到多元化经营。大家无拘无束，谈笑风生，共同憧憬着山东地矿的美好明天。

通过参加阿国矿业大会，考察阿国矿业市场，山东省矿业考察团实地了解了非洲的矿业形势，收集了大量矿权信息，开阔了眼界，明确了思路，坚定了“走出去”的信心，规划了山东地矿局省内、省外、国外三线联动的战略方案，为山东地矿进军国际矿业市场奠定了基础。

（2）重返亚的斯亚贝巴

时隔15年，弹指一挥间，重返亚的斯，旧貌换新颜，故地再次游，似换了人间。这是我抵达埃塞俄比亚首都亚的斯亚贝巴后，从机场到喜来登酒店一路所见所闻的真实感受。当年简陋且拥挤不堪的机场候机楼换成了宽敞、洁净的现代化国际航站大楼，通往市区的非洲大道改为双向八车道，两边建成了多幢高层大楼；昔日狭窄、坑坑洼洼、污水横流的马路变成了宽阔的高架环城大道；路两旁绿树成行，高大的棕榈树和桉树把市区装扮得绿荫浓浓，形成了一道蓝天、白云、绿树的风景线，使人心旷神怡。我们下榻的喜来登饭店，历史悠久，厚重古朴，既有欧式风格，又有民族特

作者（左）与徐军祥总工程师在亚的斯亚贝巴打井工地

色，二者有机结合，相得益彰。后院的温泉游泳池一年四季开放，水温适宜，矿物元素丰富，很受住店客人的喜爱。提前到达的山东地矿工程集团公司总经理朱友强与常驻埃塞俄比亚的公司副总经理高鲁希事先做了精心安排，高鲁希夫人高超的烹饪手艺使我们每天都能吃到可口的家乡口味的饭菜，且回味无穷。

考察期间，我们与埃塞俄比亚埃富特集团进行了富有成效的会谈。省商务厅曹文副厅长代表山东省政府与提格雷州签署了经贸合作备忘录，双方商定在贸易和工程方面加强互利合作。山东省地矿局郑金兰局长与埃富特集团总裁苏哈特·尼格·米哈尼签署了山东省地矿局与埃富特集团战略合作框架协议。朱友强总经理与埃富特集团所属伊扎钠矿业公司总经理签订了矿业合作协议，双方决定成立阳光矿业合作公司。中方以资金和技术投入，占60%的权益；埃方以矿权及办理相关手续为投入，占40%的权益。合作矿种以铜、铅锌、铁矿为重点。首选合作区为提格雷州，根据工作情况可扩展到埃塞俄比亚全境。双方对此合作充满了信心。

埃富特集团为埃塞俄比亚执政党埃塞俄比亚革命阵线（简称“埃革阵”）所拥有，下设12家企业，主要从事矿业、机械加工、工程建设、纺织、皮革生产及农业开发等。总裁苏哈特先生曾担任“埃革阵”的主席，现为国会议员，在党内享有很高的威望。与我们会见时，他说：“‘埃革阵’是学习了毛泽东主席《论持久战》及‘农村包围城市’的战略战术打到了首都，推翻了旧政权。执政后，同样也是借鉴了邓小平‘不管白猫黑猫，抓住老鼠就是好猫’的经济发展理论，全力发展埃塞经济，提高人民的生活水平。”他的言谈话语充满了对中国人民的友好以及对中国改革开放所取得成就的钦佩。

提格雷州位于埃塞俄比亚北部，是执政党“埃革阵”的总部所在地，也是前总理梅莱斯的家乡。“埃革阵”在此坚持了数年的游击战，1993年率军队一直打到首都亚的斯亚贝巴，推翻了门格斯图政权。“埃革阵”执

作者参观埃塞项目基地蔬菜大棚

作者（右二）与亚的斯亚贝巴大学生合影

政后，把提格雷州作为优先发展的重点区域，从各方面给予了支持，与中国政府重视发展革命老区情况相似。该州民风淳朴，矿产资源丰富，已勘查的金属矿产有铜、铁、铅锌、镍、金等，非金属矿产有石棉、瓷土、石墨、石膏、宝石、砷锑镍矿、大理石、花岗岩等。在我们向时任驻埃塞大使林琳汇报此行成果时，林大使对我们选择埃富特集团作为合作伙伴非常认可，并表示使馆将给予全力支持。可以说，埃塞俄比亚是山东地矿在境外构建的第一个矿产资源勘查开发基地，为山东地矿全面“走出去”起到了一定示范作用。

巧合的是，我在亚的斯亚贝巴期间见到了我在北京外国语学院的同级同学张月榜，他时任驻埃塞使馆政务参赞。多年不见，格外亲切，他特意选了一家河北人开的中餐馆请我吃饭。席间，我俩边吃边聊，直至深夜，仍有谈不完的话，忆不完的同学情，难舍难离。

当晚，我写诗一首，纪念这次与老同学偶遇：

东非高原中餐馆，
北外学子喜相见。
千杯畅饮不觉醉，
娓娓话语忆当年。
昔日寒窗恰青年，
今日相逢白发现。

作者与埃塞俄比亚埃富特集团总裁苏哈特先生在一起

（3）刚果（布）的钾盐项目

考察团离开亚的斯亚贝巴时，出了一个小插曲，我们差一点没赶上飞机。由于埃塞航空公司不是按座位售票，而是谁先到机场谁先拿到票，售的票多于实际座位，致使乘客争先恐后抢票，候机楼一片混乱。我们一行六人只争取到两张公务舱票，其余四人的经济舱票要等下一个航班。此情况的出现完全打乱了我们的行程，如拿不到车次航班的经济航票，郑金兰局长和曹文副厅长只能先飞，财政厅的杨学良副主任、省地矿局的总工程师徐军祥、办公室主任韩志森和我要乘下一个航班再走。面对这意想不到的情况，我急中生智，找到了埃航的值班女经理，向她解释：我们一行六人要去刚果（布）参加一个重要会议，涉及与埃塞俄比亚矿业合作的议题，如果不能按时赴会，可能会影响相关的合作，希望航空公司给予必要的支持。这位女经理听完我的陈述后，表示将尽其所能让我们按时登机。相隔不到 10 分钟，我们幸运地拿到了六人的登机牌，顺利登上了飞往刚果共和国首都布拉柴维尔的班机。

刚果共和国位于非洲中西部，赤道横贯其中部。东西两面临刚果（金）、安哥拉，北接中非、喀麦隆，西连加蓬，西南临大西洋，面积 34.2 万平方公里，海岸线长 150 公里。年平均气温在 24 ~ 28℃之间。全国共有 56 个民族，最大的民族是南方的刚果族，约占总人口的 45%，官方语言为法语。全国一半以上

作者在刚果（布）几内亚湾

作者在刚果布拉柴维尔

的居民信奉原始宗教，其他还有天主教、基督教和伊斯兰教。

首都布拉柴维尔是全国的政治、经济、文化和交通、能源中心，也是中部非洲的一座名城，与刚果（金）首都金沙萨隔刚果河相望，四季常青，绿荫如盖，有“花园城”之称。据2012年的统计，城市人口156万。布拉柴维尔始建于1880年，曾为法属中央刚果及法属赤道非洲首府，1904年国家独立后成为首都。1997年6月至1999年12月爆发的内战致使2000余人死亡，数十万人流离失所，给刚果（布）留下了深远的影响。内战结束后，以萨苏总统为首的新政府努力医治内战创伤，加强民族和解，以经济建设为中心，国力逐渐恢复，面貌日新月异，人民生活水平不断提高，社会治安稳定，发展势头良好。

刚果共和国自然资源丰富，石油和林业为国家经济的两大支柱产业，另外还有储量可观的天然气、钾盐、磷酸盐、铁矿、铝、锌、铜矿等。我们此行的主要目的是与威海国际公司商谈加强合作事宜，共同勘探刚果（布）的钾盐资源，为山东乃至国家建立境外钾盐供应基地。钾盐是中国的紧缺矿种，70%的钾盐要靠进口，山东省的钾盐对外依存度高达90%。钾盐是生产钾肥的主要原料，中国是世界上最大的钾肥消费国。每年全球钾肥市场总需求量为5400万吨，其中中国每年对钾肥的需求量约为900万吨，50%以上需要进口，资源形势严峻，对外依存度逐年提高，令人担忧。作为山东省的找矿主力军，山东地矿局有义不容辞的责任为国分忧，为缓解资源紧缺尽其所能。

在我们出访刚果（布）的前几个月，山东省地矿工程勘察院已与威海国际公司签订了合作协议，勘探位于刚果（布）奎卢省布谷玛西地区的钾盐资源，并在当地注册成立了鲁源矿业公司，合作矿权面积1020平方公里。根据资料分析，区内钾盐层（光卤石）平均厚度为8.4米，氯化钾的平均含量为16.2%，钾盐储量达20亿吨以上，可形成年生产100万吨的大型钾肥基地。通过与刚果（布）地矿部地质勘查司司长热米先生的深入接触，我们了解了该国矿权审批的流程及相关政策法规，收集了与项目有关的原始资料，与威海国际公司驻布拉柴维尔负责人共同商定了下步合作计划及工作重点，并就项目的实施情况向中国驻刚果（布）使馆李树立大使和蔡方才商务参赞进行了汇报，争取了支持。至今，我还清楚记得李树立大使讲的一段话："中国企业'走出去'要多做少说，甚至只做不说，免得授人以柄。中非之间相互信任，大多数非洲国家与中国保持良好的传统友谊。中国的技术和商品在非洲很受欢迎。加强与非的关系也是我国的利益所在。我们千辛万苦来到非洲，要致力于找大矿和富矿。要把非洲建成我国的商品集散地及工程承包的大市场。"由于该项目选项合理，勘探方法科学，项目经理选派得力，整个项目推进顺利，探明钾盐储量20.07亿吨，并于2012年4月成功引进中航（深圳）资源有限公司作为第一大股东加盟，形成中航资源持股70%，威海国际与山东省地矿工程勘察院分别持股16.5%和13.5%的战略合作联盟，成为"地勘先行，企业跟进，市场化运作"的成功范例并荣获2011年中国（天津）国际矿业大会最佳对外合作奖，为地勘单位进入非洲矿业市场积累了宝贵的经验。

（4）钻石王国——南非

把钻石定为国石的南非是我们横跨非洲之行的最后一站。作为资源勘探者，世界上有五个国家必须去，否则会终生遗憾，那就是南非、澳大利亚、加拿大、巴西和中国。

南非是世界五大矿产国之一，黄金和钻石是其两大经济支柱，深部矿产开采技术在世界上处于领先地位，已探明储量并开采的矿产有70余种，其中黄金储量占全球的60%，最高年产量为1000吨，钻石、矾、锰、铬、锑、铀等产量居世界前列。

在人类历史上，第一个发现和生产钻石的国家是印度，第二个是巴西，第三个是南非。相传1867年，一个孩子在南非奥兰河畔的金伯利玩耍时，偶然捡到一块晶莹的“石子”。布尔农场主尼凯克来访时发现了这块“石子”，于是就问是否可以卖给他。孩子的母亲说，这是玩的东西，你拿走吧，不要钱。尼凯克便把这块“石子”带到了欧洲。经鉴定证实，这块“石子”是一颗钻石。消息传开，轰动了世界。无独有偶，1869年，南非的一个牧羊男孩也捡到了一颗亮晶晶的“石头”，便抱着试一试的心态，找到了一位宝石商。这位商人看到这颗重83.5克拉的原钻，兴奋不已，便用他

作者在南非好望角

所有的家当换来了这颗“石头”，也就是后来驰名天下的“南非之星”。1870年，这块“南非之星”被切割，其中最大的一颗呈梨形，重达47.75克拉，以12.5万美元出售。1974年又在日内瓦展出拍卖，被英国的一名伯爵以50万美元的高价买走，作为生日礼物送给了他的妻子。

“南非之星”的发现也是南非经济的重要转折点，从此大批淘宝者相继涌入南非，如饥似渴地奔向奥兰河和瓦尔河两岸，梦想一夜暴富。这一狂潮迅速将南非从传统农业国转变成先进的工业国。钻石和黄金的发现，对南非产生了重大影响，南非的欧洲人口很快增加至30万人。约翰内斯堡原是一个荒凉的小村，一夜之间人口暴涨，成了当时非洲四大名城之一。然而，也正是钻石和黄金的发现，引发了一场南非历史上最著名的战争——英布战争。

有人说，上帝是公平的，他把贫穷给了非洲，又把大量的矿产和能源埋在了非洲人的脚下。

目前，南非的迪比尔斯公司仍是世界上最大的钻石生产和销售公司，总资产200亿美元，控制着世界毛钻贸易的40%，其营业额占世界钻石市场的90%。迄今为止，世界上发现的最大的20块钻石之中有10块产自南非。截至2004年，南非正在生产的钻石矿共有7处。钻石王国名副其实，经久不衰。

在南非期间，承蒙山东老乡、临沂市新光毛纺厂在约翰内斯堡合资公司负责人的引领，我们参观了一家钻石公司开办的商店，各种尺寸、各种品质的钻石饰品琳琅满目，在射灯的照耀下，五彩缤纷，令人眼花缭乱。相比国内的钻石，这里的钻石质量等级高，切割工艺先进，价格合理。另外，到了钻石王国不买颗钻石，可能会是一辈子的憾事。

通过南非中国商会的介绍，我们拜会了南非班诺集团。该集团是一家从事矿业勘查开发的公司，除了在南非的黄金和钻石矿外，还在刚果（金）取得了一个金矿探矿权，面积近8000平方公里。经过前期地质勘探，在区内7%的范围内已探求黄金地质储量300余吨，平均品位6.5克/吨，最高品

作者在南非开普敦

位为26克/吨，250米以下深度尚未计算，其余93%未勘查的区域通过航磁观察前景看好。于是，我们在开普敦该公司的总部进行了富有成效的合作洽谈，并达成了联合勘探的合作意向，后因项目所在地植被覆盖层太厚，且位于森林深处，交通不便，只能靠直升机搬运设备及人员物资，勘探成本过高而放弃。但与班诺集团的联系至今未断，双方仍努力寻求合适的合作项目。

离开开普敦之前，班诺集团的首席执行官建议我们抽时间去游览这座城市，近距离感受一下这座城市的魅力。2007年12月16日，是我们待在南非的最后一天，晚上要乘飞机返回约翰内斯堡，然后转乘飞北京的国际航班。这一天虽阴雨蒙蒙，但我们仍高兴地带上雨具，乘车去领略开普敦——这座非洲大陆最南端城市的风光。

开普敦是南非的立法首都，也是西开普敦省的省会，另外两个首都分别是中央政府机关所在地的行政首都比勒陀利亚和最高上诉法院所在地的司法首都布隆方丹。开普敦市以其美丽的自然景观和码头闻名天下，知名的地标有被誉为“上帝之餐桌”的桌山，印度洋和大西洋交汇点的好望角，还有位于开普敦西边几公里海域中的罗本岛，南非第一位黑人总统纳尔逊·罗利赫拉赫拉·曼德拉曾在此度过18年的铁窗生涯。从桌山遥望，罗本岛四面环海，显得小巧玲珑，如果不知道曼德拉的监狱经历，游人会认为这是一处天然的度假胜地。

第一次到访开普敦的人们，肯定会认为这是在欧洲，而不是非洲。开普敦是欧裔白人在南非建立的第一座城市，最初是一处码头，荷兰开往东非、印度和亚洲的商船都路经此地进行补给，久而久之，就成了欧洲人在撒哈拉以南非洲地区的第一个长期聚居点，其后又在好望角之巅建立了第一所军事基地。该市地处大西洋和印度洋的交汇点，战略位置十分重要。这座南非白人心中的母城300余年来数度易主，历经荷、英、德、法等欧洲列强的殖民统治，虽然地处非洲，但却充满了多元欧洲文化色彩。从建筑的格调到饮食习惯，欧洲元素无处不见。这座城市集欧非人文及自然景观于一体，是世界上最美丽的都市之一。为铭记这次来访，我在好望角国家保护区的海滩上，精心挑选了一块形状如元宝的奇石带回国内，并特意让朋友帮忙订做了一个木底座，摆放在家中的博古架上。同时还摆放了一块产自非洲最北端城市——阿尔及尔的“沙漠玫瑰”，一南一北，以纪念这次横跨非洲大陆的探索之旅。

4 金融危机中的商机

2008年9月5日，美国第四大投行雷曼兄弟宣告破产，标志着美国次贷危机最终演变成世界范围的全面金融危机。危机迅速从局部发展到全球，从发达国家蔓延到发展中国家，从金融领域扩散到实体经济。在国际金融危机的冲击下，世界经济遭受重创，增长明显减速，美国、欧盟和日本三大经济体陷入衰退，全球股市剧烈震荡和下跌，世界经济乌云密布，黯然失色。

澳大利亚资源丰富，新兴经济体发展快速，特别是中国连续30年的经济高速增长，为澳大利亚矿产资源和能源提供了巨大市场，因此，发生在欧美的金融危机对澳大利亚的影响有限，其经济增长保持了相对的稳定性。

作者（右）在西澳洲珀斯达令山铝土矿

作者在西澳洲珀斯天鹅湖

但英、美、日等国家对澳洲的投资锐减，致使许多在建矿业和基础设施项目搁置，多数公司资金链中断，经营困难，资产价值缩水，对外报价明显降低。澳洲把目光转向中国，急需引进中国投资者。经过广泛调研及资料分析，省地矿局党委审时度势，决定抓住这一有利时机，到澳大利亚抢抓一批优质矿权，打造澳洲资源基地。

自2008年11月至2012年10月，山东省地矿局先后四次组织由省国土、省财政、省地矿参加的考察组进入澳大利亚，从悉尼、墨尔本、阿德莱德、布里斯班、达尔文到西澳洲首府珀斯，行程数千公里，实地考察矿地，与矿主谈判，会见相关政府官员及金融机构，并专程到阿德莱德大学物探学院了解相关技术事宜，与当地地质学家座谈讨论，咨询在澳找矿应注意的问题及其成矿规律和特点，一路奔波，日夜兼程。在南澳洲的奥林匹克大坝，西澳洲的达令山脉、雅谷盆地、皮尔巴拉地区、Bunbury港及达尔文港，均留下了考察团的足迹。经过多轮艰苦耐心的谈判，山东省地矿局与西澳大利亚铝土矿资源公司（BRL）签订了合作勘查协议，在铝土矿资源丰富的西澳洲达令山和金伯利地区达1.6万平方公里的范围内选择了优质矿权勘查靶区。中方提供勘探技术及资金，根据不同矿种和合作双方商定的投资进度，分别占60%～80%的权益，澳方提供矿权并办理相关审批手续，成果按权益比例分享。同时，BRL同意向山东地矿定向增发15%的股份，成为其上市公司的单一大股东，并在公司董事会取得一名董事席位，从而使山东地矿在该公司和具体合作项目中同时拥有权益，确保了中方投资的安全性及收益的多元性。截至2014年6月，在双方选定的合作区，经过中澳地质师的共同努力，已探明优质铝土矿资源量7430万吨。另外，山东地矿还与西澳洲维纳斯资源公司签订了合作勘探位于珀斯东北约500公里的伊尔高铁矿的协议。中方投入资金，澳方提供矿权，各占50%的权益。截至2014年6月，按照澳洲JORC（储量评价）标准，探明铁矿石储量6.98亿吨，平均品位32.15%。

经过4年多的努力，山东省地矿局在澳大利亚共取得合作矿权62项，勘查面积9300平方公里，涉及铁矿、铝土矿、金矿、铀矿等，注册了7家矿业公司，实际投资2.9亿元人民币，基本建成了澳大利亚资源基地，受到了中国国土资源部和山东省政府的充分肯定。2010年9月25日，时任山东

作者（左三）参加与西澳洲签署合作协议仪式

省省长姜大明率团访问西澳期间，带领省政府秘书长及商务厅、外办等部门主要负责人，专程到珀斯达令山山东省地矿局铝土矿项目工作区实地检查指导，并听取了郑金兰局长的工作汇报。2012 年 8 月 8 日，时任国土资源部部长徐绍史在昆士兰州布里斯班参加完第四届国际地质大会后，专程赴西澳检查了省地矿局铝土矿勘查区并在中钢珀斯总部召开了中资企业座谈会，听取了相关企业代表的汇报。他在此次会议上指出：经济发展单靠一个国家的资源是远远不够的，但过度依赖国外资源也是不安全的，国际、国内两个市场要统筹兼顾。走出来的企业要遵纪守法，按国际规则办事，勇于承担社会责任，提倡合作共赢，防范和应对资源民族主义和资源国家主义的影响。

回顾澳洲资源基地的建设过程，既有经验也有许多待完善之处，值得仔细品味，全面总结，为后来者提供借鉴。关键的一点是我们抓住了机遇，积累了经验，锻炼了队伍，在发达国家成熟的矿业市场进行了有益的尝试，对澳洲有了更全面的了解。澳大利亚不仅是一个骑在羊背和坐在矿车上的国家，而且也是一个蓝天、白云、阳光、沙滩的旅游天堂。在返程的国际航班上，我浮想联翩，久久不能入睡。闲暇之际，我写了一首抒情诗，将对澳洲的印象留在了纸上：

同是一个地球，
同是一片天，
生活的质量相差甚远。
扬帆的悉尼歌剧院，
像贝壳镶嵌在达令湾畔，
一架铁桥横空出世，
把两岸紧紧相连。
数不尽的绿荫把城市装扮，
如织的游人流连忘返。
巴罗萨谷树林成片，
青翠的葡萄园一眼望不到边。

沁肺的空气如此新鲜，
田园风光随处可见。
夕阳下的汉道夫小镇，
平静得就像夜间。
金黄的落叶铺满路面，
走在上面感觉是地毯。
晴朗的夜空繁星点点，
畅饮甘甜的葡萄酒，
恰似仙人下凡。
白云下的天鹅湖，
微风拂面波光闪闪，
成群结队的黑天鹅飞舞在水面。
漫步在国王公园的山顶，
珀斯城尽收眼帘。
鸟语花香，
碧水蓝天，
梦幻中的仙境在记忆中再见。

悉尼海景

5　别了，苏拉威西

按照“非洲和周边为重点，尝试南太，兼顾拉美”的工作方向，结合山东省经济建设急需的矿种，自2008年起，山东省地矿局组织考察组先后三次赴印度尼西亚实地踏勘，寻求适宜的合作机会，同时检查由山东鲁地矿业投资有限公司在苏拉威西岛实施的铬铁矿项目和在加里曼丹岛开展的金及锆英石项目。

印度尼西亚由17508个大小岛屿组成，是世界上最大的群岛国家，疆域横跨亚洲及大洋洲，有“千岛之国”之称，首都为雅加达。印尼是个自然资源丰富的国家，主要矿种有铝土矿、镍矿、铁矿砂、铜、锡、金、银、煤等，陆地面积191.9万平方公里，海洋面积316万平方公里。苏拉威西岛是

作者在印尼苏拉威西岛

印尼的一个大岛屿，岛型奇特，由四个半岛向北、东北、东南和南方伸出。岛上山高谷深，河网稠密，海岸陡峭，沿海布满珊瑚礁。岛中部有海拔2000米的高原，北部有10多座火山，中部的兰特孔博拉山海拔3455米，为全岛最高峰。岛上矿藏种类繁多，有铁、金、煤、石油、硫磺、金刚石、镍等。

作者（右三）与印尼加里曼丹省政府官员座谈

我们从首都雅加达出发，乘印尼航空公司的波音737第一站到加里曼丹岛的首府坤甸，拜会省政府相关部门，了解投资政策及法律规定。时任加里曼丹省的华裔副省长黄先生会见了我们考察组一行。他的汉语讲得还算流利，与我们会见时显得很亲切，对中国很有感情，每年他都有机会到中国各省参观访问。2008年他曾到访过山东，时任山东省副省长才利民与他会见并合影留念。访鲁期间，他专程赴曲阜参观，对齐鲁大地印象深刻。据黄副省长介绍，加里曼丹岛是世界第三大岛，位于东南马来群岛中部，西为苏门答腊岛，东为苏拉威西岛，南为爪哇岛，北为南海。面积约73.3万平方公里，人口约2000万。矿产资源主要有石油、天然气、金刚石、铜、金、铝土、煤及铁矿等。热带雨林气候，平均气温24～25℃，陆上交通以公路为主，大河多能通航。这里还是世界闻名的沉香产地，宗教界以沉香木制作神像及法器为最上品，同时沉香在风水上属正阳植物，可聚财纳气，趋吉避凶，镇宅保平安等。沉香理气下行，随身携带可安人身心，凝神静气。听了黄副省长的介绍，我按捺不住购买欲望，在踏勘矿点的途中，路过一家沉香加工厂时，特意买了一串沉香手珠。我一直带在身上，白天感觉精神爽悦，晚上睡眠酣香。

首府坤甸坐落在赤道线上，华侨很多，市内许多商店都是华人开设的，中国文化元素很浓。这里河道四通八达，渔业是当地一个重要产业。在项目组同事的带领下，我们参观了城市的赤道塔，并合影留念。访问正值中午，太阳炽热，站在赤道线上如坐进蒸锅，让人汗流浃背，真正体验了赤道的威力。这是我第二次跨越赤道线。第一次是 1989 年 10 月，我与时任中国驻埃塞俄比亚大使馆经商参处霍德新参赞一行在肯尼亚的赤道线上留下了难忘的记忆，但那次站在东非高原的赤道线上，凉风拂面，秋高气爽，没有一丝的赤道酷暑。时隔多年，每当看到家中博古架上的木刻长颈鹿，就想起了那次难忘的肯尼亚之行。

作者在印尼坤甸赤道线

告别了坤甸，我们搭乘一家英国矿业公司的小型包机，经过50多分钟的飞行，抵达苏拉威西岛。随后乘船渡过一个一眼望不到边的内陆湖，然后再乘越野车行驶3个多小时，才来到了山东鲁地矿业投资公司项目营地。营地建在岛内最大的一个镇上的小旅馆内，背靠山丘，面对太平洋，按《易经》所讲，属风水宝地。热情的项目组同事怀着久盼的心情迎接我们的到来。晚上，他们倾其所有，为考察组准备了一桌以岛上特产为主的丰盛晚餐。我们头顶棕榈油灯，畅饮用椰子酿成的米酒，十分惬意。岛内电力不足，每天限时用电，晚间的照明主要靠棕榈油。这使我想起了小时候在章丘老家煤油灯下苦读的岁月。那晚能喝酒的同志都微醉了，乡情、友情、异国情令大家久久不愿离席，说不完的话、道不尽的情展现得淋漓尽致。我借酒朗诵了在飞机上创作的一首散文诗，表达了对远离家乡的地质队员工的慰问和敬意。

浩瀚的太平洋上，
镶嵌着无数宝藏。
印尼的苏拉威西，
像一颗璀璨的明珠，
闪耀在岛乡。
一群炎黄子孙，
万里迢迢来找铬矿。
头枕蓝天，
脚踏海浪，
怀揣资源报国的梦想。
急国家所急，
想祖国所想，
把矿粉运回去，
方显赤子的力量。

第二天早饭后，我们租了一艘冲锋艇，冒着蒙蒙细雨，向勘查工作区驶去。一望无边的太平洋，波涛汹涌，浪花飞溅，天水一体，无比壮观。没见过海的人，看到海后会欣赏她海纳百川的气概，但经历过大洋的浩瀚，你才会觉得海的平凡。半个多小时后，我们到达了被项目组称为“龙岛”的工作现场。

小岛方圆5平方公里，除了高大的椰子树，岛上的植被主要是灌木。沿岸沙细柔软，海水因多年堆积的铬砂而呈黑色。岛上没有居民，只有来自山东鲁地矿业公司和山东莱州鼎钺矿业公司的施工人员。当时两家公司合作，各自发挥优势，边探边采，将初选的铬砂通过自己购买的船只运回到山东莱州港，进入铬精粉加工厂进行提炼，年产铬铁精粉15万吨。铬矿主要用于冶炼铬铁，生产不锈钢、耐热钢及其他合金钢。每年我国需要铬铁矿石190万吨，而自产只有10万吨，缺口达180万吨，全部靠国外进口。

作者（右）在印尼苏拉威西岛上

作者在印尼加里曼丹岛

在现场座谈会上，我专门提出了项目资源是否可靠的问题。项目负责人明确告诉我，经勘查，已探明三氧化二铬70万吨，远景资源量可达200万吨，并控制了长达25公里的沿海矿带，资源量可靠。中午，我们因陋就简，天然椰子汁是饮料，海鲜是主食，吃了一顿地道的野生午餐。下午3点，我们乘冲锋艇返回营地，在一个安静的小旅馆睡了香甜的一晚。次日凌晨，考察组六人按原路返回坤甸。当日下午4点，顺利到达首都雅加达。

遗憾的是，随着项目的进展，铬砂几次初选不达标，虽多次置换设备，但仍达不到设计要求，项目最终搁置转让。地矿人因资源的可靠性论证不足，尽职调查不到位，在苏拉威西经历了一次滑铁卢，值得反思。

6　在安第斯山找矿

安第斯山脉是陆地上最长的山脉，位于南美洲的西岸，从北到南全长8900余公里。从智利的最南端合恩角，穿越阿根廷、玻利维亚、秘鲁、厄瓜多尔和哥伦比亚，素有“南美洲脊梁”之称。

约2.5亿年前，组成地球大陆地块的地壳板块结合成超级大陆——盘古大陆。后来盘古大陆及其南部贡德瓦纳古陆发生分裂，板块向外分散，南美洲大陆板块与纳斯卡大洋板块相互碰撞，产生造山运动，形成了安第斯山脉。约1.7亿年以前，南美洲板块随着东面大西洋展开而向西漂移；纳斯卡大洋板块的东缘在下面受到南美洲大陆板块西缘的压力，纳斯卡板块潜

作者（右）在南美安第斯山

作者（右）考察智利铜矿

没，这种复杂的地质基质开始向上隆起。这种潜没—隆起过程随着来自地幔的大量岩浆的侵入，先是形成了南美洲大陆板块西部边缘的火山弧，后又将炽热的熔岩喷射到四周大陆的岩石中。这后一过程产生了大量的岩脉和矿脉，其中含有丰富的高经济价值的矿物。

安第斯山脉的主要矿藏有：智利和秘鲁的铜，玻利维亚的锡及秘鲁的银、铅锌，厄瓜多尔、哥伦比亚和秘鲁的金，哥伦比亚的铂和祖母绿，玻利维亚的铋，秘鲁的钒矿，智利、秘鲁和哥伦比亚的煤和铁，石油主要分布在安第斯山脉北段的山间盆地中。安第斯山脉孕育了巨大的铜矿矿床，从秘鲁南部至智利中部为世界最大的斑岩型铜矿，采矿坑道长达 2000 多公里，深度达 1200 米。

自 20 世纪 90 年代末，山东省地矿局就开始关注在安第斯山脉找矿，先后派地质专家赴玻利维亚开展工作。1999 年 3 月，在时任地矿部副部长蒋承松的支持下，山东省地矿局时任副局长王捷与地矿部司长纪安田一起

作者在南美安第斯山脉铜矿带上

率局财务处处长张式璞、外经处副处长李旭、第六地质队总工程师于海新、中国地质大学教授芮宗瑶一行六人赴智利和阿根廷进行项目考察，寻找合适的合作机会。从智利的安托法加斯塔到阿根廷的圣胡利安，长途跋涉几千公里，踏勘矿地，采集样品，收集资料，与美国的菲尔普·道季铜矿公司探讨了合作方案。后来，终因回国后无法筹集到500万美元的入股资金，而与道季无缘牵手，合作计划搁置，从而失去了一次难得的走向国际市场的机会。当时，南美矿业市场竞争已趋于激烈，大型优质矿床已基本被欧美大的矿业公司分割抢占，留给我们的发展空间越来越少。昔日因国力不足，资金缺乏，只能眼睁睁看着西方的矿业公司跑马占地，自己却无能为力，遗憾至今。

时隔近10年，随着我国综合国力的不断提高，“走出去”充分利用“两个市场，两种资源”的国家战略已经成为我国经济发展的一种必然。山东省地矿局党委审时度势，在国土资源部和省委、省政府的支持下，勇于承担山东省经济发展所需的矿产资源保障职责，不失时机派出队伍到南美的安第斯山开展大规模的地质找矿活动，并分别在秘鲁和智利实现铁矿和金矿找矿的重大突破。

秘鲁邦沟铁矿位于阿雷基帕省纳兹卡市东南约60公里，距离首都利马约600公里，矿权面积150平方公里。2008年4月，通过秘中促进会和美国CV国际投资咨询公司的介绍，山东淄博市南金兆集团最初获得了加拿大卡德罗资源公司拟转让该铁矿的信息。因世界金融危机的影响，项目资金链断档，矿主急于出手。同年8月，淄博南金兆集团委托山东省第四地质矿产勘查院专家对该矿进行了实地考察，采集了矿样并进行了实验室检测分析。之后，淄博南金兆集团和省第四地质矿产勘查院组成的中方联合体与加拿大卡德罗资源公司展开了多轮艰苦的矿权转让价格谈判。第一次谈判价格为1.9亿美元，加方不退让，致使谈判一度中断。后经中方对该矿的全部资料又进行了认真分析，提出了矿区基础设施缺乏，相关地质资料不足，下一步地质工作量大，资源量需要进一步验证，后续投入资金多及开发过程中诸多不确定因素等理由，加方不得不让步，最终双方以1亿美元成交，并于2008年10月24日在淄博南金兆集团正式签订了矿权转让协议。2009年6月至2012年8月，山东省第四地质矿产勘查院派出地质师分别对该矿区中段、南段和北段开展了地质详查工作，提交推断和控制的铁矿石资源量共计18.4亿吨，全铁平均品位40.88%，伴生铜金属量106.72万吨。南金兆集团拟筹资建立港口及相关基础设施，与国内企业共同开发该项目。

智利金铜矿项目位于智利拉塞雷拉市南约40公里，在首都圣地亚哥以北470公里，矿权面积4.57平方公里。该项目自2010年始由山东地矿国际投资公司实施，经过多轮槽探和钻探等地质工作验证，最终提交金金属量45吨，平均品位3克/吨，属于矽卡岩矿床。目前该矿正在寻找有实力的国内外投资商参与合作开发。

7　密林深处淘金

陈达孝是我非常敬佩的一位老领导，他在山东无私奉献30多年，后调至江西省地质矿产厅任厅长，退休后又回到山东。他既不去省人大任职，又不想在家颐享天年，便带着同样是高级地质工程师的老伴，怀揣着一位老地质工作者的梦想，义无反顾远赴南美小国苏里南，实现人生价值的最后追求，为国家寻找急需的矿产资源。正是他在苏里南十几年的艰苦找矿历程和孜孜不倦的执着精神促使我于2007年初春踏上了南美之行的旅程。

苏里南位于南美洲大陆北部，东临法属圭亚那，西接圭亚那，南与巴西接壤，北面是大西洋。国土面积16.4万平方公里，人口55.3万（2013

作者（左）与陈达孝合影

年），官方语言为英语。全国有一市和九省。首都帕拉马里博市是苏里南政治、经济、文化中心和主要贸易港口，人口26万。苏里南地处南美亚马逊流域，雨水充沛，资源丰富，主要矿产有铝土矿、石油、金、铁、锰、铜、镍、铂等，森林覆盖面积达1500万公顷，占全国国土面积的90%以上。全国约有300个树种，其中已开发利用的近30种，主要出口树种约10种，有蚁木、紫檀、南美柚、花梨木、铁线子、蛇纹木、咖啡芯木、康巴斯等。目前全国的森林净生产面积为250万公顷，平均年产木材量约15万立方米，大部分出口到中国、荷兰和美国。按目前以每年在10万公顷的森林净生产面积上采伐，每公顷采伐原木15立方米计算，即年采伐150万立方米，可持续采伐25年。

据陈达孝局长介绍，他在当地成立的公司为苏里南钻石公司。他与朋友合作从一位老荷兰后裔手中买下一处位于苏里南北部斯帕里维尼省沙拉马卡河中游西侧的金矿地，距首都帕拉马里博110公里。矿区面积总计为187平方公里，包括5个采矿权和1个探矿权。通过地质调查及样品测试分析，矿区内有3种类型金矿，即砂金矿、铁帽红土型金矿和岩金矿，还找到8条较丰富的水系砂金矿，5个金矿化探异常，5处铁帽红土型金矿，4处含金石英脉和1处破碎带蚀变岩型金矿体及1条云英闪长岩与绿岩的含金接触带。上述地质工作及找矿成果全部由陈达孝夫妇带领几名地质技术人员历时5年时间，采取边探边采方式完成。这期间，他们克服了资金及人员不足、设备短缺等种种困难，实属不易，令人感动。

为尽快踏勘矿区现场，全面实地了解该矿详情，在到达苏里南的第三天清晨，我们即赴矿区开展工作。从首都乘小型飞机飞行半小时就到达了矿区，区内有简易机场可供飞机起降。下飞机后再乘20分钟的皮卡车即到达矿区办公驻地。两幢用原木建成的平房分别用于办公和居住，周围森林密布，上百年的古树比比皆是。一条从森林深处流出的小溪绕房前静静流过，溪水潺潺，一尘不染，就像几十年前我老家村东头的小河。抬头看天，一片湛蓝，几朵流动的白云，低空飘过，伸手可触。吸一口空气，沁肺入

作者在苏里南热带雨林

脾，清新湿润，顺畅快活，似人间仙境。在办公室稍作停留后，我们每两人骑一辆日产林用摩托车，驶入密林深处，踏勘已发现的金矿。区内低山丘陵，河谷发育，溪流纵横，古木参天，奇花异草遍地，各种珍禽动物随处可见。在密林中穿行正验证了鲁迅先生所言：世上本没有路，走的人多了便有了路。听陈老讲，矿区虽地处原始森林，但没有高山深谷、大河沼泽。旱季时，可边行边修路，将挖掘机、推土机及拖拉机沿土路开到矿区。雨季期间，可沿沙拉马河用船将大型设备、发电机组及生活物资运抵工地。矿区通讯靠电台，可直通首都和各个工区。区内除雇佣的巴西采金工人外，无其他杂人，安全有保障。100 多年前，荷兰人在区内有开采岩金的历史，留下了清晰的开采老硐。20 世纪 70 年代，英国人在矿区内进行了基础地质测量工作，编制了 1∶50 万区域地质图和 1∶100 万苏里南矿产图。

在陈老的带领下，我们首先考察了冲积砂金矿，并现场观看了巴西人淘砂金的生产过程。区内砂金矿分布广泛，矿体沿现代河谷赋存，一般为

0.3～3克/吨，成色多在92%以上，共计5个矿体。第二个踏勘点为铁帽红土型金矿，此类金矿由风化残积和风化淋滤所形成，金粒普遍较粗，以1毫米以上的金粒为主，几克至上百克的天然金块屡见不鲜，成色多在90%以上，固定矿体5个。最后一个考察点为岩金矿床，区内所发现的岩金有石英脉型和破碎带蚀变岩型两大类。石英脉型岩金矿是苏里南绿岩带中分布最广泛的岩金矿，矿体长几十至几百米不等，宽几厘米至几米，含矿品位变化较大，从每吨零点几克到几百克，平均品位8～15克/吨，金的成色大多在90%以上，共发现岩金矿体10个。通过一整天的考察，我们踏勘了十几个丘陵及河谷，穿越了几十平方公里的原始森林，尽管林深路险，颠簸劳累，但我们收获颇丰。苏里南之行让我终生难忘。

2014年底，经过中国矿业联合会专家评审，苏里南钻石公司金矿具备形成大型金矿的地质条件，极具开发潜力。江西的一家企业已与钻石公司签署正式合作开发协议，第一只大型淘金船很快运抵苏里南，森林深处埋藏多年的金矿将破土而出，迎来一个新的发展阶段。功夫不负有心人，陈达孝老局长多年的黄金梦不久将得以实现。

天然狗头金

8 “太岁”头上动土

美国不仅是一个经济、军事、科技强国，同时也是一个矿产资源和能源丰富的国家。其金属矿产主要分布在西部地区，重要的成矿带有安第斯山成矿带、阿帕拉契亚成矿带、密西西比河谷区域成矿带、苏必利尔湖区成矿带、落基山成矿带、Uravan 成矿带等。主要矿产包括煤、石油、天然气、铁、锰、钼、铜、铅、锌、金、银、钨、锡、稀土、锑、钛、铝土矿、重晶石、石膏、磷酸盐、天然碳酸钠、硅藻土、萤石、硼、滑石、高岭土、

作者考察美国纽约华尔街

钾等。其中煤炭储量占世界总储量的27%，稀土占14.8%，铁矿石占4.3%，钼占31.4%，铜占7.4%，铅占13.6%，锌占9.3%，硼占23.5%，金占6.4%，银占9.3%，石油和天然气储量分别占2.5%和2.9%，是世界第十一大石油储量国和第六大天然气储量国。

美国的可持续发展战略核心包括三个要点——经济繁荣、保护环境和社会均等，归纳起来，主要反映在资源和环境两个重点要素上。在资源方面，包括矿产资源，美国政府优先利用国外资源，保护国内资源，强化经济发展的可持续性；在环境保护方面，严格相关标准，大力倡导和发展新技术，唤起全民及全社会保护环境的意识和自觉性。美国的矿业全球投资战略，既是其经济发展与全球竞争的客观需求，也是其保障能源安全和矿产原材料供给安全的需要，同时隐含着更深层次的战略考虑。以金矿勘查为例，自20世纪90年代中期以来，美国每年在国内的勘查投资额仅占其全部勘查投资总额的20%～30%，超过70%的勘查工作集中在海外，而在国内大力推行石油战略储备，并成为其保障能源安全的一项基本国策。美国、欧盟、日本等发达国家，虽然对外资比较开放和自由，但外资并购毕竟不同于本国企业并购，因而这些国家对外资并购均有不同程度的限制：一是对外商投资领域的限制；二是对外商出资比例的限制；三是通过审批制度规范外资进入；四是以政治、国家安全、文化或敏感问题为由，阻止外资进入。相关案例颇多。

2005年6月，中海油以185亿美元竞购美国优尼科石油公司遭遇美国众议院的否决，其理由是此交易可能会削弱美国国家安全。2009年7月，中国西色国际与美国优金金矿公司达成协议，西色国际出资2650万美元收购优金金矿公司51%的股份，从而获得内华达州叹息河谷附近四座金矿的开采权。但同年12月，美国外资审查委员会以上述金矿靠近美国重要军事基地为由，向总统建议阻止交易的进行。上述两例充分表明美国政府对外资特别是中资进入其能源和矿产资源领域采取了非常严格的审查措施，致使中国公司启动的一些收购计划流产，并遭受不公平的歧视性待遇，违背了世界贸易组织的相关条款，给中国公司带来了严重损失。面对这种局面，经过认真分析，我们认为美国政府虽然有严格的准入条件，但其矿业市场是有发展空间的，在矿业领域存在不少合作的机会，只要我们坚持少说多做，不炒作，不宣传，不授人以柄，严格遵守美国的相关法律，我们就能站得住脚并得到不断发展。

2007年7月初，山东省第六地质矿产勘查院派出专家对美国加州进行了铜、金、银矿的实地考察，与美国紫金山矿业公司合作，选定了加州圣伯纳迪奥郡新戴尔—洛杉矶矿区作为普查靶区，地质工作历时7个月，探获金金属量3.2吨，平均品位13.75×10^{-6}克/吨。2008年4月，山东省第六勘查院又分别与美国西南金属资源开发公司和美国胜金山矿业股份有限公司签署了地质勘查合同，对加州圣贝纳迪诺县奥德山铜金矿两个矿区开展普查。经过几轮地质工作，截至2009年3月，六院专家共探获金金属量16.85吨，平均品位$3.56 \times 10^{-6} \sim 4.42 \times 10^{-6}$克/吨。至此，山东省地矿局境外找矿首次在美国开花结果，并按照中国的资源评价标准将找矿成果推向香港资本市场，收到了良好的经济效益和社会效益。

9　戈壁滩的矿藏

蒙古国地处蒙古高原北部，位于中国以北，俄罗斯以南，平均海拔1600米，西部、北部和南部多为山地，东部为丘陵。国土面积156.65万平方公里，人口约294万，官方语言为蒙古语，文字为斯拉夫蒙文。首都乌兰巴托，是亚洲的一个内陆国家。

蒙古国拥有丰富的矿产资源，多种矿产储量居世界前列。目前已发现80多种矿产，主要包括铁、铜、钼、煤、锌、金、铅、钨、锡、锰、铬、铋、稀土、铀、磷、萤石、石油、油页岩等，其中，铜初步探明矿石储量20多亿吨，且品位高，金储量达3400吨，煤储量为3000亿吨，石油储量

作者在蒙古图勒河畔

达80亿桶，铁储量为20亿吨，萤石储量2800万吨，磷储量2亿吨，银储量7000吨。在戈壁沙漠深处，距离中国北方边境约80公里的奥尤陶勒盖铜金矿是公认的全球最大的未开发铜金矿之一。该矿拥有810亿磅铜和4600万盎司金，开采年限长达40～50年，一旦开始生产、营运，产值可占蒙古国内生产总值的30%。位于蒙古东部苏赫巴托省的图木尔廷敖包锌矿探明金属储量120万吨，平均品位13.7%，埋藏浅，适合露天开采；中国有色股份拟投入3.5亿元人民币，建设日采选能力1000吨、年产锌精矿3.6万吨的现代化矿山，产品全部返销中国市场。该项目2003年开工建设，被中蒙两国政府命名为“中蒙合作的典范”，成为中国企业“走出去”的成功样板。近几年，蒙古的矿产资源吸引了来自中国多家企业的投资，除了中国有色股份投资开发的图木尔廷敖包锌矿，首钢投资10多亿元开发苏赫巴托省的铁矿，胜利油田投资1000多万美元开发宗巴音油田，山东祥龙投资500多万美元开发铅锌矿，山东济宁铸金矿业公司投资1.8亿元开发中戈壁省的铁矿等。上述项目如能顺利建成投产，对我国矿产资源短缺局面将起到一定的缓解作用。

2010年8月底，时任山东省地矿局副局长李翠芳带领省外办和地矿局组成的矿业考察团对山东省第四地质矿产勘查院在蒙古国东方省达希巴勒巴尔矿区铜矿勘查项目进行了实地检查。矿区北距俄罗斯边境40公里，东距中国边境100公里，矿区面积88.98平方公里。该项目自2009年上半年开始普查，经过一年多的地质工作，探求①号区铜金属量为6.18万吨，②号区铜金属资源量为4.04万吨，两矿区合计铜金属量超过10万吨。两年后该成果转让给青岛海霸能源集团有限公司开发经营。

在考察该项目途中，一天，我们一行五人在离首都乌兰巴托东北80公里的特日勒基蒙古包午餐。8月底的戈壁大漠凉风习习，天高云淡，人烟罕至。在广袤的空旷中，尽收眼底的只有荒凉。蜿蜒的图勒河静静地从蒙古包下面流过，河两边的灌木翠绿，黄色的花朵盛开在清凉的风中，不停摇曳。冰凉的河水清澈见底，一群群小鱼随河漂游，摇头摆尾，自由舒畅。

几只叫不上名的小鸟擦着灌木的树梢低飞盘旋。戈壁上难得的绿色散发着顽强的生命力，像一道屏障随河伸向远方。这里远离了乌兰巴托市区的喧嚣，没有交通拥挤，没有尘风飞扬，更没有坑坑洼洼的街道及杂乱无章的建筑。站在图勒河边，呼吸着没有任何污染的空气，清凉沁肺，令人心旷神怡。我们几个人变换着各种姿势，用相机尽情捕捉这荒凉绿洲的美景，好不惬意！那天的午餐除了自带的罐头食品，全是牛羊肉，或烤或炖，整个蒙古包里充斥着牛羊肉的特有风味。琴师和美丽的女歌手来自蒙古大学艺术学院，他们是从内蒙来进修蒙古音乐的中国留学生，异乡遇同胞格外亲切。悠扬的马头琴和《我陪你去看草原》的歌声在蒙古包内回荡，深情又甜美。我们边听边饮，几轮酒敬下来，除了李翠芳副局长外，省外办的郭凯处长，孟庆宝、万中杰两位院长和我全醉了，且醉得那样心甘情愿。特别是孟庆宝院长，一直到晚饭时仍在醉梦中，且嘴里不断念叨：“蒙古不回到中国怀抱，我就不吃饭。”这种强烈的赤子情怀感染着在场的每位中国同胞。

夜幕降临，乌兰巴托市区华灯绽放。在回宾馆的路上，著名的蒙古歌曲《乌兰巴托之夜》不知从何处飘来，在夜色中让人感到异常悦耳、舒畅、优美。

有一个地方很远很远
那里有风有古老的草原
骄傲的母亲目光深远
温柔的塔娜话语缠绵
乌兰巴托里木得西
那木哈　那木哈
歌儿轻轻唱风儿轻轻吹
乌兰巴托里木得西
那木哈　那木哈
唱歌的人不许掉眼泪

作者在蒙古图勒河畔

有一个地方很远很远
那里有一生最重的思念
草原的子民无忧无虑
大地的儿女把酒当歌
乌兰巴托里木得西
那木哈　那木哈
你远在天边却近在我眼前
乌兰巴托里木得西
那木哈　那木哈
听歌的人不许掉眼泪
哈嘿
乌兰巴托里木得西
那木哈　那木哈

你远在天边却近在我眼前
乌兰巴托里木得西
那木哈　那木哈
听歌的人不许掉眼泪

随着蒙古国经济发展步伐的加快和中国“一带一路”战略的深入推进，中蒙两国的互利合作将会进入一个新的阶段。蒙古丰富的矿产资源转化为财富优势的时间已经到来，乌兰巴托的明天将会更美好！

作者在蒙古乌兰巴托

10　初识远东

俄罗斯远东地区面积约620万平方公里，人口约1000万，有60多个民族在这里繁衍生息。主要城市包括海参崴、伯力、雅库茨克、马加丹、纳霍德卡、共青城、报喜城及比罗比詹。这里地广人稀，森林密布，资源丰富。

2010年8月下旬，我有幸随山东省矿业考察团考察了远东地区的马加丹州，所见所闻，印象深刻。该州位于俄罗斯远东地区的北部，濒临北冰

俄罗斯远东城市——马加丹

洋和太平洋，西临雅库特自治共和国，南接哈巴罗夫斯克边区，北面和东面分别连接楚科奇自治州和堪察加州。马加丹州建于1953年12月3日，面积46.14万平方公里，人口约20万，居民主要是俄罗斯族和乌克兰族，东正教为其主要宗教，有8个行政区，1个州附属市。州府为马加丹市，是俄罗斯最偏远的州首府之一，被纳卡耶夫海湾和戈尔特涅拉海湾环抱，从莫斯科到马加丹的距离为7110公里。该州沿鄂霍次克海伸展，大部分领土位于科雷马山原和楚科奇山原及阿纳德尔高原中。境内河网密布，湖泊众多，为典型的大陆性气候，冬季漫长，夏季短暂。1月平均气温为–29.4℃，7月平均气温为14.4℃。据马加丹行政区自然资源厅厅长维克多·尼库拉维奇先生介绍，州内矿产资源丰富，砂金和金矿石资源分别占全俄罗斯的11%和15%，银资源量占全俄罗斯的50%之多。金矿开采已有300多年历史，早在卫国战争期间，正是由于马加丹州金矿不间断的开采提炼，才保证了前线物资的供应，取得了卫国战争的最后胜利，并因此受到了斯大林的嘉奖。现在全州已探明的金矿星罗棋布，矿山有近百座，储量从几吨到上千吨不等。距马加丹市70公里的哈森镇建有远东地区首个黄金精炼厂，精炼的黄金纯度达99.9%。

2010年8月24日下午，在马加丹州自然资源厅的安排下，我们考察团一行五人专程到该黄金冶炼厂进行参观。不仅考察了整个黄金精炼工艺流程，考察团每人还怀抱重达25公斤的金锭拍照留念。

除矿产资源外，马加丹州也是世界上海产品最为丰富的地区之一，迄今已发现的鱼类共有300多种，其中不乏名贵鱼种。海洋捕捞与鱼类加工业是当地经济支柱之一，每年上千万吨鲜鱼从这里发往俄罗斯及世界各地。渔民在家门口就有取之不尽的鱼群，不用背井离乡到公海或其他海域捕捞。在当地一家由我国东北人开办的中餐馆，我们品尝了几种当地产的野生鱼，肉质细腻，口感鲜美，营养丰富，实属佳品，大家赞不绝口。

海湾环抱中的马加丹港很像山东的威海，两面青山，一面大海，长长的海滩环山蜿蜒，伸向远方。除了天空飞翔的海鸥，海滩上几乎看不到游

作者在俄罗斯马加丹黄金冶炼厂

人。在国内已经找不到这样安静的地方了，面向大海的景点处处是度假村或疗养院，每到旅游季节，人满为患，拥挤不堪。我们考察团成员一致认为，如果国内企业来马加丹开发旅游业，吸引部分国内客源到此地观光度假，必定财源滚滚，生意兴隆。8 月 24 日上午，马加丹州副州长在接见我们矿业考察团成员时，动情地说："中俄两国人民亲如兄弟，情谊深厚，友好关系久远。美丽的马加丹州敞开胸怀，真诚拥抱来自中国的朋友！"回到国内，每当翻开他赠送给我们的马加丹画册，领略那一幅幅四季美景时，我很期待有机会再重访远东这片神奇、富饶、美丽的土地。

11　在澳洲当学生

日本松下电器的创始人松下幸之助曾指出，到他国投资，首要条件是融入本土，像种花栽树一样，要适应当地的气候和水土。中国企业“走出去”，必须熟悉驻在国的生存条件和发展环境，融入当地文化，掌握其法律及相关规则，知己知彼，适者才能生存。

经过几年的探索，我深深地体会到，要使“走出去”工作与国际紧密接轨，转换思维方式是进入国际市场的关键，加强境外矿业勘查、开发，复合型人才的培养势在必行。思维方式的转变不能仅仅依靠读书看报或闭门空谈，更重要的是把人送出去，在国际化环境及氛围中与国外政府、知名中介

作者（中排右二）在澳大利亚新南威尔士州矿产资源部培训

机构、跨国公司、科研院校零距离接触，亲临其境，聆听见解，感受文化，面对面深度交流，达到中西方思想的碰撞融合。经局党委同意，特别是刘鲁副局长多方做工作，我有机会见到了山东省外国专家局的主管领导，汇报了山东省地矿局的有关情况，着重介绍了近些年对外合作的成就。功夫不负有心人，经过努力，从 2012 年开始，省外专局同意将山东省地矿局列入全省国外培训计划，每年一期，每期 14 人，时间为 3～4 周。为做好 2012 年度山东省地矿局首期赴澳大利亚矿业培训工作，我们制订了严格的学员选拔方案。根据自愿报名、单位推荐的原则，从全局系统挑选出 12 名专业技术骨干及管理干部，由我带队赴澳洲进行历时一个月的培训学习。

11 月的澳洲正值春末夏初，烈日炎炎，绝大部分学员第一次走出国门，热情高涨，求知欲强。在山东老乡刘晓燕女士的精心安排下，培训的第一站始于悉尼，授课分别在新南威尔士州贸易与投资部、地质调查局、德勤会计师事务所、毕马威会计师事务所及汉化法律事务所五家单位进行。从新南威尔士州的投资环境、贸易政策、矿权获取及维护到相关法律、会计、税务、审计及工作签证的办理，澳洲培训单位精心设计课程，各部门高管亲自授课并耐心回答问题，既有理论又有案例分析，既有宏观又有微观，系统生动，针对性强，学员们开阔了眼界，收获颇丰。在第二站南澳学习期间，培训班与澳大利亚中兴矿业公司举行了对口座谈，公司年轻的发展总监本先生对其公司与鞍钢、包钢公司的合作项目进行了解析，回答了学员提出的各种问题，收到了很好的互动效果。该期学员——时任山东省第五地质矿产勘查院的党委书记赵正来及总工程师邱伟还与中兴公司签署了金铜矿合作勘查协议，为五院“走出去”捕捉了机会。南澳洲的奥林匹克大坝是世界闻名的金、铜、铁、铀多金属成矿带，其成矿规模、特点及规律在全球地质界很有代表性，为使学员了解其成矿规律特征，我特意请长期在南澳洲工作的山东鲁地矿业公司副总经理、高级地质师赵生录结合公司地质找矿项目，对奥林匹克大坝的矿产成因进行了系统讲解，大家很受启发。

为实地了解中资公司在澳洲的投资项目运营情况，我带领学员专程到位于南澳洲首府阿德雷德市以北约100公里的巴罗萨谷参观考察由山东青岛民营企业收购的1847酒庄及葡萄园。巴罗萨谷与新南威尔士州的“猎人河谷”、维多利亚州的“雅拉河谷”并称为澳大利亚的三大葡萄酒河谷而享誉世界。其适宜的土壤、水质及气候环境种植出不同种类的葡萄，进而酿成色泽透明、纯度高、口感醇香、甘甜可口的红、白型葡萄酒，很受国内外消费者的喜爱。1847酒庄是巴罗萨谷的第一座商业酒庄，从葡萄酒业的早期起步到今天的蓬勃发展，始终秉承其悠久历史与尊贵传统。据王智太董事长介绍，酒庄的葡萄种植地高于海平面190米，距海岸约40公里，土壤类型主要为“红色石灰土”。巴罗萨谷属地中海气候，年均降雨量约500毫米，昼热夜凉，孕育了口感舒适的浓度和自然酸度，为葡萄藤的健康成长提供了得天独厚的条件。该公司不仅收购了酒庄及所属葡萄园，而且保留了原有的庄主夫妇、酿酒技师和管理团队，人尽其用，中西文化融为一体，真正实现了本土化，使古老的酒庄焕发出新的活力。

南澳洲葡萄园

作者（右）与西澳洲地调局局长合影

珀斯是培训班的最后一站，我带领学员们拜访了西澳洲采矿与勘探公司协会。西蒙主席介绍了协会会员情况及与中国矿业联合会合作的关系，学员们受益颇深。西澳洲石油矿业部地调局局长瑞克·拉格森先生在百忙中抽出一整天时间与高劢女士一起亲自给培训班授课，详细阐述了西澳洲的矿法及矿业权申请登记程序，并耐心回答学员提出的问题，学员们很受感动。12月5日，山东省地矿局郑金兰局长在参加澳中矿业联合会成立之际专门抽时间看望培训班学员，通报资源山东建设推进情况，使大家在异国接受了一次爱国主义形势教育。12月16日，山东老乡——中国驻珀斯总领馆刘禹同副总领事带领资源领事卜康祥和商务领事唐彦棣与培训班学员进行了工作座谈。他们三位分别介绍了中资公司在西澳洲的投资运营情况及澳政府的有关矿业政策，并以澳洲特有的烧烤招待全体学员。

一个月的澳洲培训，学员们不论是思想认识，还是国际化意识，都得到了很大的提升；不仅积累了知识，掌握了情况，更重要的是了解了国际矿业“游戏规则”，为今后开拓澳洲乃至全球矿业市场奠定了良好基础。我作为领队也不虚澳洲之行，思想升华的同时，喜迎孙子福福的出生，我也晋级到爷爷的行列。谨以此文祝福孙子健康成长，儿子一家事业有成，平安幸福！

12 成立澳中矿联

近些年，随着国家综合实力的增强以及经济全球化的实际需要，中国海外投资的年均增长速度为54%。截至2013年底，中国企业已走进184个国家和地区，对外直接投资累计达6604亿美元，有1.53万家中国公司在境外设立了2.54万个对外直接投资企业。仅在澳大利亚就有上千家中国企业从事矿产勘探开发、农业、畜牧业、房地产、旅游、文化、科技、教育等活动，其中在西澳洲从事矿产勘探开发的中资企业约有200家。

中国企业"走出去"存在的最大问题是各自为战，各行其是，相互不沟通，对内无凝聚力，对外形不成一个声音，导致团结不足，内耗有余，对外产生不良影响。实践证明，只有抱团、联合"走出去"，中国企业才能在风云变幻的国际市场里优势互补，携手共进，才能增强抗风险能力，有效应对资源民族主义和贸易保护主义，进而成为国际市场的重要参与者和引领者。

为规范中国矿业企业在澳洲的经营行为，加强中资公司之间的协同合作，进一步推动中澳矿业企业的沟通交流，方便与当地政府和中介机构的联系，维护中国公司的合法权益，经中国矿业联合会批准，澳中矿业联合会于2012年8月8日在中钢澳洲公司珀斯总部由时任中国国土资源部部长徐绍史和中国驻西澳洲总领馆总领事王银儿正式揭牌。随即，山东省地矿局迅速成立了筹备组，并进行了工作分工。郑金兰局长任组长，刘鲁副局长任常务副组长，我担任总调度，赵书泉副处长负责起草联合会章程，落实赴澳行程及成立大会各项议程；局驻澳办杨承海主任联系会员单位及会务，特邀顾问刘晓燕女士负责落实赞助单位及金融界会员。筹备组第一次会议确定了几项重要事项，其中包括明确了山东省地矿局为会长发起单位，

国土资源部徐绍史部长（右三）为澳中矿联揭牌

中钢澳洲公司、五矿澳洲公司为副会长单位，在澳有项目的省内各地勘单位、矿业企业为理事单位。

当年12月6日，在西澳首府珀斯泛太平洋酒店举行了澳中矿业联合会成立大会。时任山东省地矿局局长郑金兰和山东省国土资源厅副厅长王玉志带领厅、局相关处长、地勘单位负责人专程参会。会议由山东省国土资源厅科技与国际合作处处长曲延波主持，王玉志副厅长和中国驻珀斯总领馆商务领事唐彦棣分别致辞祝贺，新当选的首任澳中矿业联合会会长郑金兰女士做了大会主旨讲话，秘书长杨承海宣读了澳中矿联的章程及理事会名单，与会的上百名中澳矿业界代表鼓掌通过。当晚，在泛太平洋酒店宴会厅举行了澳中矿联成立招待会，受矿联会长委托，我担当招待会的主持人。西澳洲地调局局长瑞克先生及副会长、山东省第一地勘院院长丁峰，兴盛矿业公司董事长李云德即席致辞，最后全体参会人员观赏了极具澳洲特色的土著人歌舞表演。

澳中矿联的成立为在澳的中资矿业企业构建了信息分享的平台，系结了与当地矿业公司联系的纽带，架起了与澳洲政府各部门沟通的桥梁，更重要的是中资矿业企业在珀斯有了自己的“娘家”。

13　两次国际矿业盛会

我参加过多次国内外重要会议，但有两次国际矿业盛会记忆尤深。一次是2010年3月初我随山东省国土资源代表团赴加拿大参加的多伦多PDAC矿业大会。大会是由加拿大勘探开发者协会组织的全球规模最大、最具权威性的国际矿业盛会。自1932年举办以来，已连续在多伦多市举办82届，每年一届，每届定于3月份的第一个星期天开幕。会议由矿业国际会议、矿业勘查商业服务展、矿业勘查投资交流展三部分组成，每年参会人数超过3万名，分别来自100多个国家和地区的矿业投资公司及政府机构，展位达1000多个。中国政府对此会议高度关注，每年由国土资源部及中国

作者（右二）与澳大利亚朋友在一起

作者在国际矿业大会上

矿业联合会分别组团参加，各矿业发达的省区也派代表与会。2010年的PDAC会议仅中国参会人数就达600人以上。

3月的多伦多仍然寒气袭人，街道两旁树木凋零，发黄的草坪迟迟不见绿色。国际会议中心周围五颜六色的会标给人们带来一股浓浓的暖意，在一定程度上缓解了天气的寒冷。会场内暖气融融，人流涌动，川流不息。来自世界各地的矿业巨头步履匆匆，穿梭于各个分会场，捕捉信息，收集资料，寻求合适的合作项目和伙伴。主会场的国际矿业论坛座无虚席，借助同声传译，与会代表聚精会神，倾听着最新的国际矿业形势分析和矿业发展动态；矿业机械展区摆放着当今世界最先进的各式钻探设备和探矿仪器，吸引着一批又一批业界人士驻足观看。山东代表团重点拜会了加拿大安大略省的展位，与该省矿业部长进行了友好的合作洽谈。该省驻京首席代表宋毅军先生毕业于山东师范大学英语系，是地道的济南老乡。他向我们介绍了安大略省的矿产资源概况、矿业政策及政府对矿产勘查的优惠措施，非常欢迎山东省的地勘队伍到安大略省进行矿产勘查和开发，并表示安省政府将在地质资料、矿权登记、人员签证等方面提供支持。通过参会，我们了解了大量的国际矿业信息，开阔了视野，对加拿大矿产资源赋存及分布有了新的认识，对国际矿业市场的资本运作有了进一步了解，对境外获取矿权、上市融资、资源开发及回运的产业链构建有了更成熟的思路。

另一次印象深刻的国际盛会是2011年7月11日至12日在澳大利亚珀斯举办的博鳌亚洲论坛。本次会议是博鳌论坛首次在海外举行的一次以"能源、资源和可持续发展"为主题的国际性会议，也是论坛第一次在中国以外举行的理事会会议，在澳洲和国际上产生了广泛和重要影响。

国内的7月正值酷暑，到处热浪滚滚，暑气逼人。而位于南半球的西澳洲首府珀斯此时已进入冬季，10℃左右的气温再加上阴雨连绵使人感到犹如国内的深秋，寒意浓浓。应博鳌亚洲论坛秘书长、中国外交部原副部长周文重之邀，我与山东省地矿局刘鲁副局长、省第一地勘院院长丁峰出席了此次亚洲国际矿业会议，目睹了论坛盛况，亲身感受了大会的氛围，并近距离见到了原中共中央政治局委员、国务院副总理、博鳌亚洲论坛副理事长曾培炎，日本前首相、博鳌亚洲论坛理事长福田康夫，澳大利亚前

作者（左）与博鳌论坛秘书长周文重（中）合影

总理、时任澳联邦外交部部长陆克文，西澳洲州长巴奈特，澳大利亚前总督杰弗里等重要参会嘉宾。共有400多名来自中国、澳大利亚、日本、印度、马来西亚等国家和地区的政府官员、企业精英、专家学者出席了此次大会。

会议举行了“亚洲经济转型与资源需求的新趋势”“全球能源供给的挑战：稳定性与可持续性”“资源价格波动：供需双方的对策和愿景”“技术与创新：低碳经济的未来”等系列分会，以及“亚洲能源合作的新格局”“中澳合作未来”等午餐和晚餐会。曾培炎副理事长在“亚洲能源新格局”主题晚餐会上指出：为防止能源资源价格大幅波动引发新的全球性经济危机，应当在二十国集团框架下建立全球能源资源市场稳定机制，与国际金融体系和自由贸易体制互为支撑，共同履行全球经济治理责任。以博鳌亚洲论坛为平台，开展能源资源生产国与消费国对话，形成供需之间更多共识，为建立全球能源资源市场稳定机制提供智力支持。博鳌亚洲论坛理事长福田康夫表示：当前亚洲新兴经济体需着力解决经济转型和可持续发展问题，主要西方发达经济体则普遍面临经济低迷、债务危机和保护主义抬头等问题的困扰，此次会议有助于推动各方加强能源资源合作，促进经济社会可持续发展。澳大利亚前总理、时任澳大利亚联邦政府外交部长陆克文在致辞中特别强调澳中两国经济上存在很强的互补性，双方在资源和能源以及可持续发展方面有着广阔的合作前景。

“独行快，众行远”，平等互惠、合作共赢是博鳌亚洲论坛的主旨，也是400多名与会嘉宾的心声。正如澳洲媒体所述：亚洲的发展需要携手，变革中的世界需要各国共同应对。

14　创新“走出去”模式

经济全球化的迅猛发展推动了各国企业越来越多地走出国门，参与国际大市场的竞争。近几年，随着我国综合国力的提高，中国企业也开始投身于跨国经营的大潮流，在世界各地展示了后来居上的风采。然而，经济全球化给跨国经营带来发展机遇的同时，也带来了严峻的挑战。在走进国际市场和开发利用全球资源的过程中，国际经营能力尚不强大、经验不足、人才缺乏的中国企业遭遇了诸多困难、挫折和问题。如何在变幻莫测的国际环境中有效防范风险，控制各种复杂局面，做到趋利避害，健康发展，是“走出去”的企业所面临的一个重大问题。经过几年的探索，我们认为制订一个科学有效的“走出去”工作思路，对跨国发展的企业至关重要，也是成功的关键。

山东省地矿局在“走出去”实践中，与时任省商务厅境外处处长臧耀刚等共同探索研究，创造性提出了“政府支持、地矿先行、企业跟进、市场运作”的工作原则，得到了国土资源部的充分肯定，在全国国土资源系统推广。境外资源开发是一项系统工程，涉及国家政策、财政支持、国别综合评估、资金汇出、人员安全出入境、项目所在国法律规定、风险防范等，仅山东省地矿局一个单位难以应对，必须在国家及省政府相关部门支持下，整合力量，统筹资源，一起联动，形成一个“走出去”的有机联合体。

作为全省找矿主力军，山东省地矿局所属队伍发挥自身技术、人才优势，组织专家到项目所在国实地踏勘，收集资料，采集样品，运用各种先进仪器设备，选好工作靶区，制订科学的工作方案和技术路线，摸清资源储量，为企业跟进开发提供可靠的依据；同时，按照一个或几个项目跟进一个企业的原则，一边勘查，一边联合有实力的企业参与联合体，负责项目资金的筹措及项目后期开发的相关准备工作，形成矿产资源探、采、运一体的合作体，拉长矿业的产业链。在项目合作过程中，以经济效益为中心，通过市场资源有效配置，实现合作各方风险共担、利益共享，达到共赢目的。山东省地矿局国际合作的实践证明，这十六字工作原则符合中国国情，既能发挥地矿队伍的专业优势，又能调动政府职能部门和相关企业的积极性，形成资源的合理配置，整合了产业链，确保“走出去”工作安全、有效、可持续，并收到了很好效果。刚果（布）的钾盐项目和津巴布韦的金刚石项目就是这种模式的最大受益者，为其他拟“走出去”的矿业企业提供了很好的范例。

作者（左二）在澳大利亚矿业培训班上探讨如何更好地“走出去”

15　少说多做

由于矿产资源的稀缺性和不可再生性，谁掌握了资源，谁就掌握了经济发展的脉搏，具备了核心竞争力。因此，国际资源能源市场的争夺一直异常激烈。围绕资源竞争，一方面，西方各国凭借其政治、外交及军事影响，控制和渗透资源丰富的国家和地区，诉诸各种手段，抢占优质资源；另一方面，发展中国家纷纷制定本国资源保护和利用的法律，加强外资进入的审查和监管，并利用提高税收等措施加大资源保护力度，资源民族主义愈演愈烈，防范意识越来越强。同时，西方势力所散布的中国“威胁论”和“新殖民主义”论一度在国际上蔓延，对中国企业“走出去”影响颇深，负面作用力不断加大。所以，作为进入国际市场的后起之秀，中国企业应保持头脑清醒，遵纪守法，谨慎行事，不炒作，不宣传，不因自身的不当行为而授人以柄。

资源合作应提倡互利共赢，符合当地的法律规定及环境保护要求，有利于驻在国的经济发展和民生改善，不损人利己，并且要勇于承担社会责任。项目选址要远离军事敏感区和历史文化保护区，尊重原居民的合法权益及当地的宗教、习俗。在项目运作、谈判、审批过程中不宜过早报道，要少说多做，或只做不说，加强与当地民众的交流，学会并善于面对国外媒体，以良好的心态应对民意，努力消除外界对我政府的误解；在国际矿业市场的激烈竞争中，要善于韬光养晦，不自大，不骄傲，不妄言，不做“土豪”。注意借鉴发达国家的经验，以他人之长，补己不足，在向他人学习的过程中，不断丰富完善自己，并能后来者居上。

欧美矿业公司进军国际矿业市场已有百余年的历史，积累了丰富的跨国经营经验，培养了众多的国际化人才，熟谙国际矿业规则。中国企业

作者（中）接待澳大利亚前总理霍克先生

“走出去”仅有10多年的历史，可以说是初学者，在国际矿业市场中面临水土不服、经验不足、国际化人才严重短缺的问题。总结中国企业“走出去”的情况，失败案例的共同点包括：尽职调查不彻底，国际化经营能力弱，行政首长意见往往代替专家建议，盲目投资，媒体过早介入，过度渲染炒作，造成负面影响，从而导致项目审批搁浅，中方损失严重。

当前，国际环境错综复杂，充满诸多不确定性和不稳定性因素，中国的和平崛起和日益强大是西方反华势力不愿意看到和接受的。实现资源报国的梦想不可一蹴而就，要有一个不断努力、持之以恒的磨炼过程。我国企业“走出去”面临激烈的市场竞争和不熟悉的经营环境，苦练内功，尽快掌握国际矿业“游戏规则”，科学论证，防范风险，是中国企业走向国际市场的当务之急。

16　对“走出去”的思考

自1998年中央正式提出“走出去”战略，鼓励中国企业走出国门、开拓国际市场以来，各类国内企业积极“走出去”，并进行了许多有益探索和尝试，其中既有成功的经验，也有失败的教训。“走出去”战略是我国适应经济全球化大趋势的客观需要，也是我国经济可持续发展的必然要求。企业“走出去”，直接进入国际市场，有利于在更大范围和更大程度上参与国际经济合作与竞争，实现与世界经济的多元化融合。通过开拓国际市场，延伸发展空间，企业才能不断增强自身的国际竞争力。国际化经营无疑是增强企业竞争力的必由之路。

作者（中）考察西澳洲卡尔古力金矿

近年来，我国“走出去”的主体主要是国有企业，特别是大型国有集团以及国有控股企业，民营企业无论是“走出去”的规模还是对外投资数额，与国有企业相比只是一个有益的补充，但其“走出去”的步伐和势头逐渐迅猛。

截至2013年底，中国有1.53万家企业在境外设立了2.54万个对外直接投资企业，分布在全球184个国家和地区，对外直接投资累计净额达6604.8亿美元，涉及租赁、服务业、金融、矿业、制造、商贸、房地产、能源、农业、林业等，其中国有企业占55.2%，非国有企业占44.8%，境外员工总数达到196.7万人，其中直接雇佣外方员工96.7万人。

由于国内外形势的变化，中国的对外投资合作在面临新的发展机遇的同时，也经受了严峻的挑战。自蔓延全球的金融危机爆发以来，世界经济，特别是西方经济一直处于低迷状态，复苏艰难，周期漫长，充满了诸多不确定因素；国际工程承包及矿业开发等国际市场需求不旺，投资拉动不足，交易不活跃，项目价值大幅缩水，价格降至历史低点，这为中国企业“走出去”提供了有利的时机。但同时还要看到，部分国家发生的主权信用危机尚在继续，发展中国家和地区的传统和非传统安全风险加大，一些西方国家仍固守“冷战思维”，对中国的和平崛起抱有敌意，利用自身在目标国的历史、文化及政治影响力对中国企业“走出去”横加干预，制造障碍。从国内讲，经济发展资源消耗大且浪费严重，资源瓶颈更加严峻，对外依存度逐年增高，企业竞争压力加剧，需要更大的市场发展空间，传统的“走出去”方式迫切需要战略性调整，从以外贸出口转向以投资和并购参与国际竞争，实现由商品换汇、市场换技术向市场互换、资本输出、科技合作转变，在更高水平、更高层面、更宽领域与世界经济进行多元化融合。

由于中国企业“走出去”起步较晚，且目前仍处于“走出去”的初级阶段，与进入国际市场已有百余年历史的世界知名跨国公司相比，仍处于初学阶段，缺乏商务运营知识和国际资本运作经验，对国际市场的经营惯例不熟知，文化融合能力欠缺，核心竞争力不足，国际化人才短缺，缺乏一整套适应国际市场竞争需要的人力资源管理机制，导致外派人员的工作积极性不高，人才流失严重。在实施国际经营战略过程中，缺乏风险防范意识，在项目及合作伙伴选择、国别环境分析、经营策略的制定、对外投资方式等方面缺乏全面的尽职调查及科学论证，致使决策失误，经济损失严重，教训惨痛。“走出去”的企业缺乏联合，各自为战，形不成战略联盟，无法在资本、技术、市场、信息、生产等要素上实现共享与互补，抗风险能力弱，同类企业之间恶性竞争，相互压价，彼此诋毁，两败俱伤，让外国人从中渔利。还有的企业忽视社会责任的履行，急功近利，不尊重社区民意和当地文化习俗，对外言行粗放，导致驻在国的排斥。此外，部分企业运行不规范，相关制度不健全，缺乏应有的监管；项目负责人责任心不强，自身素质不高，对外沟通能力差，不能有效维护本企业利益，致使项目亏损，国有资产严重流失，损了国家，肥了个人。

中国企业走向国际化，面临的最大问题是基本功不扎实，“走出去”水土不服。凡成功者，大都按国际规则办事，科学论证，注重全方位尽职调查，尊重客观规律，善于识别并防范风险，慎重决策。同时重视不同文化的融合，尊重当地习俗，勇于承担社会责任，坚持合作共赢。反之，对外投资失败者的主要原因是国际化经营经验不足，人才缺乏，对海外法律环境、投资环境及经营环境不熟悉，不按客观规律办事，盲目决策。

我国企业走出国门，必须全面了解我们的合作伙伴和竞争对手，摸透他们的思维方式和行为准则，认真研究并熟悉掌握海外的经营环境，知己知彼，才能百战不殆。国际跨国巨头经过了上百年的拼搏和积累，才成了当今的霸主。中国企业要想成为世界之强，必须千锤百炼。只有扎实做好“走出去”的基本功，打造多支国际化人才团队，把握国际“游戏规则”，善于规避风险，中国企业方能在竞争日趋激烈、充满诱惑和陷阱的国际市场上应对有方，游刃有余。

17 境外资源基地的探索

矿业“走出去”的主要目的是建立资源可靠、运输便利且易开发的资源能源基地，提高权益矿的比例，缓解我国紧缺矿种的对外依存度，保障所需资源的安全供应，确保我国经济社会发展的健康和可持续性。

建设境外资源基地要紧紧围绕经济社会发展的实际需求，根据紧缺矿种的成矿规律和分布特点，结合国别政局、地域安全、投资环境、政策法规及运输条件，选择适宜的靶区。经过几年的探索，我们制定了以“非洲和周边国家为重点，尝试南太，兼顾拉美”的工作方向，优先考虑国家急需的富铁矿、铝土矿、钾盐矿、铅锌矿、铜矿、铀矿及优质煤炭等矿种，集中力量开拓政局相对稳定、法律健全、投资环境良好、与中国保持传统外交关系、资源潜力大、地质工作程度不高、基础设施相对到位的国别地区。

非洲与中国长期友好，保持着传统友谊，而且其矿产资源丰富、矿种全、储量大、地质工作程度普遍较低、空白勘探区多、地质勘查市场竞争不太激烈，是较理想的初级勘查区。周边国家在地缘上与我国接近，文化、传统相似，交通便利，工作成本较低。缅甸的镍矿、越南的铝土矿、阿富汗及哈萨克斯坦的铜矿、印度的铁矿、蒙古的多金属矿比较丰富，也是我国紧缺的矿种。澳大利亚虽处南太平洋地区，但因其经济发展与中国有很强的互补性，政局稳定，法律健全，投资环境良好，且铁、铝土、铀、煤炭等矿种的储量大，品位高，与中国巨大的消费市场有很大的合作空间，是国家规划的“21世纪海上丝绸之路”的自然延伸地带。南美地区相对遥远，但其铜、金、铁的储量大，品位相对高，政局较稳定，经济开放，基础设施健全，矿业投资环境透明，与中国的合作关系愈加紧密，从长远看，有极大的发展潜力。

作者（左二）与智利道季公司洽谈合作

综合上述因素，我们分别选择了埃塞俄比亚—厄立特里亚工作区、刚果（布）—刚果（金）工作区、西南非工作区、澳大利亚工作区、智利—秘鲁工作区、缅甸—柬埔寨工作区及俄罗斯—蒙古工作区。经过一定的地质勘探工作，再优中选优，从中挑选可供建设境外资源基地的区域。

在构建境外资源基地的过程中，我们切记尽职调查与科学论证是资源基地成功运营的关键。违背地质规律，不注重综合风险评估，凭想当然办事，是导致境外资源基地建设陷入困境或走向失败的主要原因。

经过几年的艰苦努力，山东省地矿局先后建立了澳大利亚资源基地（探明铁矿石资源量6.98亿吨，铝土矿资源量7430万吨），秘鲁—智利基地（探明铁矿石资源量18.4亿吨，伴生铜106万吨，金金属量45吨），刚果（布）基地（钾盐矿权面积1003平方公里，探明钾盐资源量20.07亿吨），埃塞俄比亚基地（探明铅锌资源量56万吨），为国家经济建设提供了一批可靠的后备资源。

18 “走出去”的苦与乐

无论是工程承包，还是境外资源开发，凡“走出去”的人都经历了苦与乐的过程。长途跋涉，时差颠倒，远离亲人，面对陌生的环境、动荡的政局、疫病的侵袭、寂寞的折磨以及各种诱惑的考验，都要学会应对，并善于适应环境。做成一个项目，要经历资料的收集分析、论证，尽职调查，合作伙伴的选择，合作各方利益的博弈，谈判桌上的较量，直至协议的签订及执行。有时为了协议中的一句话或一个词，合作各方都要反复交涉、斟酌、推敲。多少个不眠之夜，多少次艰苦对阵，其中的酸甜苦辣只有当事者才清楚，回想往事，我感慨万分。

1998 年 5 月的南美之行我至今记忆犹新。从北京乘国际航班的经济舱飞巴黎要 11 个小时，中途在巴黎机场转机要 7 个小时，然后坐经济舱飞 13 个小时到阿根廷的布宜诺斯艾利斯，不出机场快速转机，马不停蹄再飞 3 个小时，最终到达智利首都圣地亚哥。走下飞机，我头昏脑涨，脚踩地面就像是踏着棉花走路，头重脚轻，身体极度疲惫，似大病初愈的病人，两眼发青，面容憔悴。午饭后，我顾不上休息，抓紧与美国道季铜矿公司联系，查看资料，商谈野外踏勘行程。第二天一早，我们一行六人乘车 6 个多小时赴道季铜矿公司位于智利第四大区安托法加斯塔的铜矿地考察。

连绵起伏的安第斯山脉南北 4300 多公里横贯智利，所到之处，地表呈青铜色，在阳光的照耀下，闪闪发光，世界上著名的超大型斑岩型铜矿带就埋藏在这些山脉中。在道季公司地质师的陪同下，我与时任山东省地矿局财务处处长张式璞、省第六地质矿产勘查院总工程师于海新一起踏勘道季公司留下的勘探孔，现场采集样品并与道季公司的地质师交流相关信息。可能被安第斯山的千里绵延所吸引，我只顾远眺，没有注意脚下，左脚不小心踩入一个斜孔。多亏智利朋友的帮助，及时将我的左腿拉出并迅速在擦破流血的腿部涂上碘酒，进行了消毒处理。于海新总工程师用相机定格了当时的情况。安第斯山给我留下了难以忘却的回忆。

另一次难忘的旅行是2007年12月12日从刚果（布）首都布拉柴维尔飞往南非的约翰内斯堡。因布拉柴维尔到南非没有直航飞机，必须乘刚果（布）的小飞机先飞到刚果（金）首都金沙萨，然后乘大飞机再飞南非。刚果（布）的小飞机多数是苏联制造的伊尔飞机，机型老，设备陈旧，内舱窄小，仅有16个座位。驾驶室的仪表盘锈迹斑斑，用铁丝捆绑固定，除了正副驾驶，机上无服务员，也无任何服务项目，每个座位只配有一瓶矿泉水。起飞时，发动机震耳欲聋，还发出咣当当的响声。20多分钟的飞行途中，无人说话，除了时任省商务厅副厅长曹文偶尔起身向驾驶舱瞭望，舱内一片沉寂。当飞机安全降落在金沙萨国际机场时，所有乘客拍掌庆贺，不约而同地松了一口气。时隔不久，据美国CNN报道，一架载有

作者在智利铜矿山上

9名澳大利亚人的刚果（金）小型飞机在刚果（金）南部坠毁，机上乘客无一生还。据国家商务部的消息，截至2006年底，中国累计向非洲各国派出援外专家35万人次，其中有400多名中国专家在实施援非项目过程中献出了宝贵的生命，仅为建设坦赞铁路就有61名中国专家永远留在了非洲。正如龚自珍诗中所说："青山处处埋忠骨，何须马革裹尸还。"

"走出去"在经历痛苦的同时也播下了希望，收获了喜悦。从2008年至2012年，山东省地矿局累计承担境外国家专项项目60余个，争取各类财政支持资金4.6亿元，在澳大利亚、智利、秘鲁、刚果（布）、埃塞俄比亚、厄立特里亚、纳米比亚、赞比亚、苏丹、尼日利亚、印度尼西亚、柬埔寨、缅甸、蒙古、俄罗斯等国家共取得矿权121项，勘查面积2.3万平方公里，涉及钾盐、铁、金、铜、铝土、煤、铅锌、金刚石等矿种，为国家提供了一批重要的矿产资源。无论是境外找矿成果及争取国家财政支持，还是"走出去"的模式及创造的经验，山东省地矿局均居全国同行业的前

作者在国土资源部北京境外资源勘查培训班授课

列，得到了国家国土资源部和山东省委、省政府的充分肯定。山东省地矿局“走出去”的工作思路被中共山东省省直工委评为优秀工作法，局国际合作处被评为省直“模范履职处室”。我有幸被国土资源部科技与国际合作司推荐，在北京及其他20个省市国土资源和商务系统所举办的信息发布会及“走出去”培训班介绍经验并授课。受国土资源部信息中心委托，我带领山东省地矿局相关专家主持编写了澳大利亚西澳洲、埃塞俄比亚、厄立特里亚、刚果（布）、秘鲁、尼日利亚、柬埔寨、中非、布隆迪、安哥拉等10个国家和地区的矿产资源勘查投资指南，并获得山东省地矿局科技一等奖和山东省国土资源厅科技一等奖，为“走出去”的企业提供了对外投资依据和风险防范警示。

回顾“走出去”的历程，我深深地感到，能为国家资源战略、实现资源报国尽一份力量虽苦犹荣，无比自豪。

19 为了子孙后代

矿产资源是人类生存和发展不可或缺的物质基础。目前在世界范围内，有95%以上的能源、80%以上的工业原料、70%以上的农业生产资料以及30%以上的工农业用水均来自矿产资源。矿产资源关系到国家经济安全，国民经济建设离不开矿产资源。实现工业化、城镇化和全面小康社会必须有足够的矿产资源来保障。我国矿产资源的总量虽较为丰富，但从人均占有量看，却是一个资源贫乏国，绝大多数矿产总量不足，贫矿多，富矿少，中小型矿多，大型矿少，对外依赖的种类多，对外依存度也越来越大，潜在的资源危机与日俱增。据相关方面预测，到2020年，我国重要金属和非金属矿产资源的保障程度将大幅度降低，资源短缺愈加成为我国经济社会发展的瓶颈。

由于我国资源禀赋的缺陷，再加上过去10多年国内矿业开发乱而无序，生产粗放，管理水平低下，资源利用率低，浪费严重，环境恶化，浅

作者在加纳奴隶堡

作者参观伦敦矿业股票交易所

部矿所剩无几，导致找矿成本越来越高，难度越来越大。新发现的矿床埋藏深，品位低，后备勘查基地严重不足，主要矿产勘查储量增长速度赶不上矿产消耗速度，可供开发建设的资源基地匮乏，矿产开发水平与世界先进水平的差距逐年加大，保障形势日趋严峻。矿产资源不可再生，传统的矿产资源将逐渐枯竭，新兴可替代资源尚不成熟，未来经济社会发展的可持续性将受到不可避免的挑战。

资源战略要着眼于未来子孙后代的生存与发展，今天对资源的过度开发和不科学的利用是对子孙后代的严重犯罪。我们这一代人不仅要为子孙后代创造丰富的物质基础，更要留给他们一片绿水青山和经济社会可持续发展的资源保障，绝不能以牺牲环境和断了子孙后代的路为代价而盲目追求不科学的发展。因此，在国内要大力倡导发展循环经济，改变目前这种高耗能的落后经济发展方式，坚持科学发展，对各种资源既要科学开发又要集约利用，着力提高资源使用效率，杜绝任何形式的乱采滥挖和破坏生态平衡的行为，在全社会树立节约资源为荣、浪费资源可耻的意识。通过全民开源节流，在满足当代人经济社会进步需求的同时，给后人留下发展的空间，确保我们子孙后代的基本需求。同时，政府要搞好规划，明确目标，通过制定相关优惠政策，在资金、信息、安全等方面保驾护航，引导有实力和具备开拓国际市场优势的各类所有制企业积极“走出去”，以多元化的对外投资合作模式获取更多优质的国外资源，建立紧缺矿种的战略储备基地，以弥补国内资源的不足，保障国内经济建设的可持续性，为子孙后代造福。

国际市场的矿产资源是全人类的共同财富，每个民族无论强弱都有权享受，但机会总是为有准备的人提供的，谁行动得快，谁就能获取更多的优质资源，享有更大的主动权，占据更宽阔的经济发展空间，否则，就会永远步他人后尘，寄人篱下，被动挨打。我们这一代人不仅要完成当代经济发展的历史使命，还要考虑后代人的福祉。子孙后代不仅需要金山，更需要蓝天白云，绿水青山。我们当代人责无旁贷。

夫人赵华与孙子福福

后 记

多年前就想写本书，把我在国外的亲身经历、感受及所见所闻记录下来，为国家的“走出去”事业贡献微薄力量，终因勤奋不足，加之忙忙碌碌，久拖不见书影。其间，与家人和朋友谈起往事，偶尔讲出一些片段，虽不娓娓动听，但能引起大家好奇。有一次去云南丽江出差，偶遇一位闲居的新华社山西分社记者，聊起当年的故事，他兴趣十足，自告奋勇当我的速记，并提议我讲他写，共同编著这本当时还未起名的书。单位的领导，特别是当年一起在国外工作的同事也鼓励我抓紧动笔，一起分享。更令我感动的是，此书尚在酝酿初期，济南市文广新局蔡志华处长和济南奇珍阁刘广哲总经理父子就费心费力，联系好了出版社，为此书的出版铺平了道路。宝贵的支持，定将永记心间。

流年似水，往事如烟。几十年前的事情，无日记可查，资料有限，全凭记忆，一点点地回想，实为不易。好在自己亲身经历的事情，有一说一，不用精雕细镂，再加上当年同事的提醒以及诸多类似题材的纪实启发，忙里偷闲，笔耕不辍，历经上百个艰辛昼夜，终于完成了这本拙书，请领导和同事们指教。

希望此书能为“一带一路”战略的顺利推进和地矿事业的可持续发展增砖添瓦，对曾与我有着相似经历的朋友能产生一种共鸣，对从事国际合作的同行能有一点启示。

我感恩祖国的改革开放给我提供走出国门、拥抱世界的机会，感恩母校北京外国语大学让我掌握了对外交往的语言工具，感谢各级领导在工作中给予我的关怀和帮助，感谢与我患难与共的同事们的深情厚谊，更感谢妻子及家人对我的倾力支持和默默奉献。

我们正处在实现中华民族伟大复兴的中国梦的时代，正如习近平总书记所说："生活在我们伟大祖国和伟大时代的中国人民，共同享有人生出彩的机会，共同享有梦想成真的机会，共同享有同祖国和时代一起成长与进步的机会。"我为生活在这样的时代而感到自豪，为能与祖国的复兴融为一体而感到无比幸运和骄傲。

最后，我要特别感谢山东省鲁南地质工程勘察院赵书泉院长、山东省地矿工程勘察院宫述林副院长及山东省地矿局国际合作处的孟繁富、李敏、李艾银、李青梅等同事，没有他们的辛勤劳动和无私协助，此书不可能顺利完成并与读者见面。

感谢对我提供帮助的所有领导和朋友们。

李　旭

2015 年 8 月 18 日